ON THE
ROAD

ON

THE

ROAD

ON THE ROAD

侣行 II

张昕宇
著

中国新格调：爱到极致，行到极端

江苏凤凰文艺出版社
JIANGSU PHOENIX LITERATURE AND ART PUBLISHING, LTD

目录

侣行 II

CONTENTS

第三章

水的模样

第四章

心之波动

目录 II

CONTENTS

推荐序

只有看到真正足够大的世界，才知道自己有多小

去看生活；去看世界；去见证伟大的事件；

去端详穷人的面孔和伟人的手势；

去看奇异的事物——机器、军队、人群、丛林和月亮的影子；

去看人的杰作——他的画作、高楼和发现；

看墙后的；看房内的；看危险的；

看男人爱的女人和孩子们；

去看并享受着快感；去看并被震撼；去看并领悟。

这是20世纪美国非常著名的一本杂志——《生活》的创刊核心，尽管时至今日，这本历经两次世界大战的杂志，多次改头换面已近销声匿迹，但它对这个世界的描述仍旧激动人心。这种激动，与我看到、听到“270”夫妇故事时的感觉是类似的。

不过说实话，激动归激动，最初公司内部对这个项目立项是有严重质疑的——据说他们是北京的富二代，花着父母的血汗钱，疯了似的要走遍世界各个极端的地方，还要开着改装的帆船环游世界、去南极结婚……乍听起来，这基本就是两个败家子的空想甚至狂想，不切实际程度足以爆表。但见面之后才知道，他们靠卖豆腐机起家，顶多算半个富一代，且几乎花掉整副身家在做计划和准备，坚定地要实现这次行走。

最终，我们决定支持这个项目。一方面，从公司的立场来说，“阳光、真实、有梦想”是优酷的品牌和价值主张，分享“快乐、智慧和感动”，则是我们义不容辞的使命。我们希望让最优质的影像和视频传播到最大化的人群中，让每个人从中得到自己所需的营养，这便是我们做优酷的初衷和梦想。在“270”夫妇完成他们的大梦想的同时，虽然我们不能跟着“270”一起走出去，但是“侣行”对大众产生的那些直接的、间接的影响，也在替优酷这个平台完成着一些小小的梦想。

基于这种核心价值观的一致，我们决定支持“270”夫妇完成他们的旅行。我们希望通过他们的故事，把勇气和探索精神，传递给更多人。

很多人一辈子只是在羡慕别人走过的路，而只有真正踏出自己的第一步，那才是你自己的人生。

我们支持这个项目，也是为了鼓励更多的年轻人迈出自己的那一步。

一转眼，我们与“270”的合作已经快两年，“侣行”也从一个自制小节目，一路被关注和支持，成为今日家喻户晓的发源于互联网的最火爆的真人秀。

另一方面，从个人的立场来说，支持这个项目是因为我觉得中国人不应该读死书，不应该未老先衰——很多中国当代的年轻人，小小年纪就老了，大三的时候就想着找个安稳的工作，大四的时候就想着毕业结婚生孩子，赶紧安定下来。谋求安逸没有错，只是是否提前错过了人生本可能拥有的更多可能性?

实际上，时间才是我们真正最重要的财富。钱、房子，迟早都会有，但时间是一去不复返的，趁二三十岁，还有时间、还有精力体力走出去的时候，就应该多了解这个世界。只有看到足够大的世界，才能知道自己有多小，承认自己的渺小，才会对这个世界充满敬畏，才会认真面对自己未来的生活，一点一滴不浪费地完成自己的人生。

说走就走有莽撞的嫌疑，但思定而后动，有出发的勇气和实际的行动，却是值得称赞的。在《侣行》第二季里，“270”夫妇又一次实现了很多个第一，比如他们是世界上第一对开帆船到南极结婚的人；亦是帆船环游史上，首次同时穿越南纬 40 度和北纬 40 度的航行者……

无论是影像还是文字，只希望看到他们故事的人，能在其中悟到自己，或多或少地激发一点内心深处对自我的察觉。希望今天的“侣行”在未来能感染更多的情侣、朋友、哥们儿、闺密，激励他们走上自己的道路，让越来越多的人，因为有梦想而选择出发。

优酷总裁　魏明

ON THE ROAD

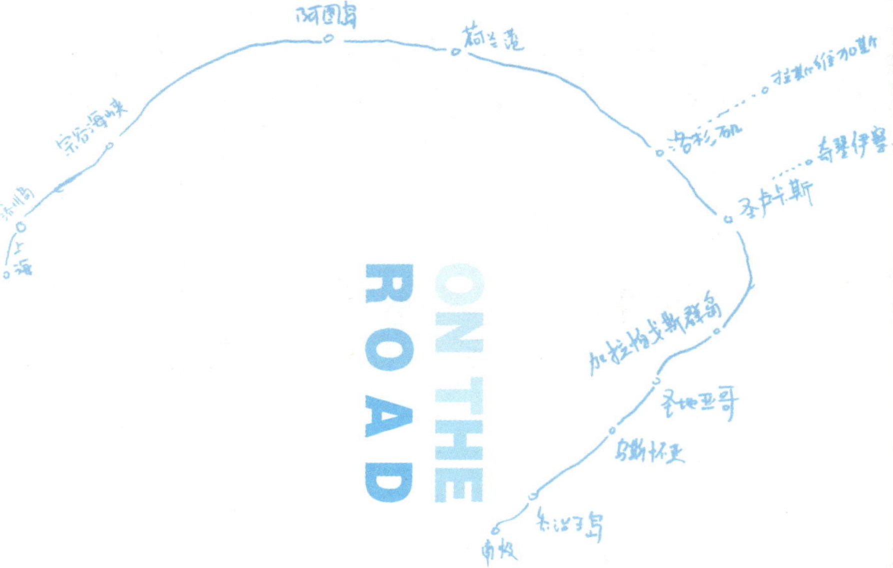
上海
济州岛
宗谷海峡
阿图岛
荷兰港
洛杉矶
拉斯维加斯
奇琴伊察
圣卢卡斯
加拉帕戈斯群岛
圣地亚哥
乌斯怀亚
乔治王岛
南极

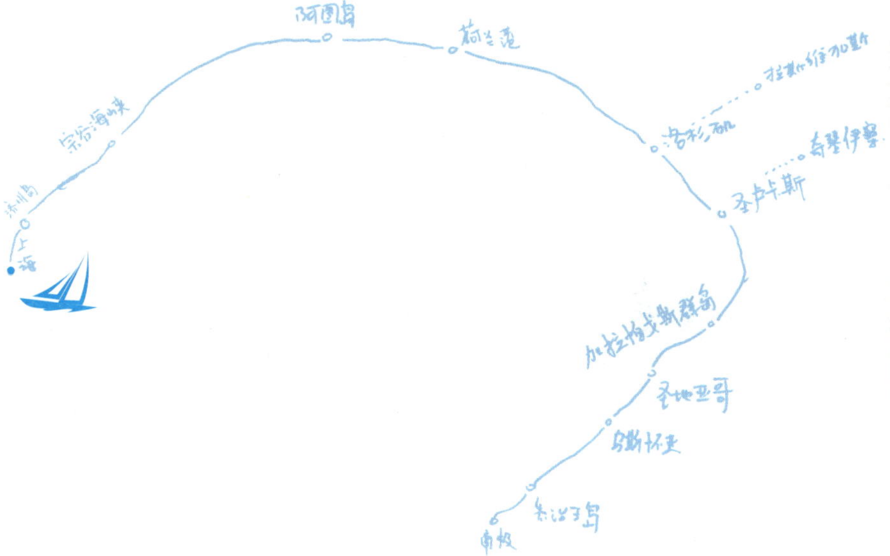

第一章 PART 1 面朝大海

梦的伊始

这次航行是成功的，我和梁红完成了最初的承诺——在南极结婚，并且活着回来了；这次航行是失败的，因为有些船员，再也回不来了。

回想起过去的八个月，我仍然心有余悸。有好几次，我处在崩溃的边缘，甚至动过杀人的念头，也做好了被杀的准备。再看看依偎在身边的梁红，她早已眼噙泪水，“在海上九死一生，但好歹结局圆满。”

与大海缘起二十年前，还是小青年的我和梁红，骑着自行车，从廊坊跑到天津，去赴和大海的第一次约会。记忆里那天的天气不太好，我们俩站在海堤上，面前的大海的颜色和天空一样阴暗。没有无垠沙滩，没有惊涛骇浪，我们眼前的渤海太过温柔，甚至沉闷。

“精彩的地方，在海洋深处。在陆地上看不到什么。”

大海的诱惑一直都在。每个人年轻的时候，都有一个环球旅行的梦。挣脱2008年的梦魇时，驾着帆船完成环球航行，就和索马里、切尔诺贝利等地的探险计划一起，写进了我们的备忘录。直到我在奥伊米亚康，向梁红递上求婚戒指以后，去南极结婚，便成了我们下一阶段的终极梦想。

离开马鲁姆火山时，飞行员玩了个特技动作，180度转弯，接下来一个俯冲，所有人差点全扔海里了。从安布里姆岛起飞，雾蒙蒙的火山渐远，我们仿佛进入了另外一个世界，瓦努阿图群岛如珍珠项链点缀在南太平洋上。

大海美得不像话，扯动着我们蠢蠢欲动的心。到了该扬帆起航的时候了。

了解海洋知识，规划去南极的路线。从上海南下，穿越琼州海峡，经印度尼西亚，过澳大利亚和新西兰，扎向南极大陆……这是最常规，也是最安全的航线，我果断地在这条航线上画了个叉叉。我们应该规划一条最有挑战性的航线，刺激且必须独一无二，我们不走别人走过的航路，探险即开拓。

我去澳大利亚学习了帆船驾驶技能，拿到了驾照。梁红负责掌握船上设备使用的知识，当然还有海洋公约和旗语。

准备阶段最难的，是学习游泳，说它是我们30多年人生里最大的挑战，亦不为过。我是陆地生物，单栖，怕水，典型的北方旱鸭子。从室内游泳馆开始，望着一池碧水，我感觉它像要吞噬我一般，不禁就有些退缩。从战战兢兢，捏着鼻子摸索着下水，到能轻松地跑到渤海湾潜水，呛了多少次、喝了多少水，只有我们自己知道。

万事俱备，我们需要一艘能载着我们完成环球梦想的船。

“老范”是个特倔的荷兰老头儿，他叫范·金克尔。我已经数不清我们这几年跑了多少次阿姆斯特丹了，目的只有一个，让“老范”把自己的帆船卖给我们。

我选择帆船而不是燃油动力，也有些挑战和浪漫因素在里面。我想看看依靠大自然的风力，能不能把我们送到世界的另一端。梁红说，这叫 gone with the wind，飘。

那几年，我在世界各地跑船展、游艇展。一次跑到欧洲的船厂淘船的时候，我看中了丹麦造玻璃钢结构的 ECHO X-yacht 07 帆船。丹麦人的船，质量比较让人信服，他们是维京人的后裔，而“维京人”已成为北欧海盗的代名词。他们的船，快、结实，也让人踏实。

没想到厂家给了我当头一棒：抱歉，这个型号的船已经停产。需要定做，三年后交货，且造价昂贵。我算了算，原计划是世界末日起航，2012 年 12 月 20 日，定做的话，时间肯定来不及。最后船厂给我们一份这种型号船的船东信息，全球有 21 艘，“老范”的名字赫然在列。

先奔赴荷兰，阿姆斯特丹，寻隐者不遇。原来船停在马赛，我们马不停蹄地奔向法国。我们要找的帆船，安静地停靠在港湾一角，船身水际线那里已经有了污垢。它很久没动了。

甲板上，一个六十来岁的老头儿，一头黑白夹杂的头发，围着一条埃因霍温足球队的围巾，靠在椅子上闭目养神晒太阳。他就是“老范”。对我们叫醒他他有些不满，不让我们上他的船，只让我们站在岸上对话，得知我们是来买船时，他的脸立马就拉了下来，下了逐客令。

我对那船一见钟情，就它了。但“老范”的倔，超出了我的想象。我们骚扰了他好几天，他嘴里就俩字：不卖。在后来准备环球计划的几年里，我们又去找了“老范”很多次，相当锲而不舍。他渐渐地松口了，给我们讲了他自己和这艘船的故事。

他给船取的名字叫“拉诺”——这是他亲生儿子的名字。“老范”说这艘船也是他的儿子。“老范”年轻的时候，也筹备着弄艘船去环游世界。他往北到过格陵兰群岛，往南到过非洲的好望角，接下来的航程则屡屡受阻。随着年纪的增长，“老范”的环球梦越来越可望不可即。

当时正值欧洲遭遇经济危机，这艘帆船每年的保养和停靠费用，对“老范”来说都是不小的经济压力。再加上我们的热忱和坚持，最后终于打动了他，“老范”答应把“儿子”卖给我们，让我们带着他未完的梦想，去完成环球航行。

“拉诺”被我换了一个更中国化的名字，“北京”号。

"北京"号近在咫尺，梦想近在咫尺！

立山头，拔头筹，走着!

北京梦之队

“北京”号有户口了。

我们终究还是错过了“世界末日”起航的时间节点。2013年春节，我把“北京”号拉到香港注册，算入了籍。拿着它的“户口本儿”，我念叨着：“X-562船型，玻璃纤维船体，17.23米长，4.84米宽，吃水2.85米，排水量19.5吨，桅杆高度26.5米，发动机功率100马力……”

“北京”号在香港还得待一阵子，才能出港入海——“老范”把船停得太久了，很多地方需要大修和改装。

船在海上航行，不像汽车在陆地上跑，车坏了，一个电话就有救援。可在茫茫大洋上，船坏了迷航了，结果就只有一个：等死。为了安全起见，我找了专业人士，对“北京”号进行了全面的结构性加强，还安装了当时全世界最先进的航行系统。

接下来，“北京”号将载着我们乘风破浪，去南极！

没有骷髅旗，挂上五星红旗；捋起袖子，扎根头带，一只脚踏在舷上，一只手扶着望远镜，然后喊一嗓子：“大副，升帆，转舵，左舷75度，全速全进！”“是，Captain！”这场景，想想都觉得倍儿爽。

当然那些只是不切实际的浪漫主义空想。在出发之前，我们还有很多的功课要做。“北京”号不只是我们的交通工具，更是我们的家、我们的朋友。我需要360度无死角地去研究它、了解它，才能让它安全地带着我们走天涯。

整整半年时间，我都泡在“北京”号上和图书馆里。大海上有太多的未知和偶然性，准备工作必须要做足。这就是探险和冒险的区别：探险是通过事先的准备，把危险降到最低；冒险则是一拍脑门就走，什么都不管不顾。我们带着热情和激情出发，但只有满腔热血还远远不够。

“北京”号上有将近60公里长的电线，几千个接口，4台发电机，6部卫星电话；还有控制台、航海仪、海事地图、雷达等设备。当我从船里满面油污地钻出来时，感觉自己已经成为一个船舶专家了。我可以拍着胸脯说，这条船上的每一个接口、每一颗螺丝，我都门儿清。

海上情况瞬息万变，船随时都可能出现故障，不能第一时间解决问题，后果很严重。我甚至假想了多种事故，演习似的，再一个个解决掉这些问题。海上没有4S店，什么都要靠自己动手。

成竹在胸。也只有这样，我才有自信带着一群人——对我很重要的一群人，扬帆出海玩儿命。

船，人，物资，再加上意志。我总结的航海四要素。

这次远航，除了我这个船长和船长夫人梁红之外，还有几个小伙伴要跟着我们一起出生入死。

2008年提出帆船环球航行的时候，我身边围了一群人，朋友，朋友的朋友，群情踊跃，都举手要加入。“环球航行”几个字，乍一听很振奋人心。经过一段时间的冷静，很多人开始考虑到家庭的牵挂，考虑到工作羁绊，还有生命的安危……我身边的人群相继散去。

船到香港以后，我的“水手”还剩下五个人：梁红、魏凯、曾乔、老陈和小宇。

魏凯属于乍一听“环球航行”，就顿时热血沸腾的那伙人，这股热血沸腾了几年，依然在。其实当时大伙儿都劝他别去，因为他的女儿太小，刚咿呀学语，需要他在身边陪伴照顾。但是魏凯表现得义无反顾：“我要给女儿做一个榜样，让她长大后以老爸为傲。”我把摄像机丢到了魏凯手里，让他负责留住我们此次航行的点点滴滴。

曾乔是个纠结的人，对出航这件事犹豫不决了很久。当然他的纠结我们也能理解，他是家里的独生子，目前也尚未婚娶，真有个三长两短确实不好交代。有那么两三个月的时间，曾乔一直在左右摇摆。一会儿蹦到我面前，坚定地说自己要去；一会儿又给我来个短信：“老张这事儿对我意义不大，我不去了吧。”“我爸身体不好，我得照顾着。”可到出航的时候，他又跳到了“左”频道，跟着我们上了船。

小宇叫苏振宇，刚毕业的美术硕士。上不上船这问题抛到他面前的时候，他的回答是“我得问问我爸妈”。他爸妈很快给出了答复：“去，小伙子年纪轻轻的，就应该出去闯一闯，多难得的机会啊。”苏爸苏妈把小宇送上了“北京”号。

老陈叫陈晔，是我的朋友，在北京经营着一家诊所，是个小老板。他知道这事儿的时候，很感性：“我要去享受航海的过程。”他对穿越半个地球这件事，很乐观，“就跟开车自驾游似的”。

幕后还有一个人，是我多年的朋友、老大哥“烟斗”，他留在了北京后方，做我们的海事气象员。准确地说，烟斗就是“北京”号的眼睛，我们需要在他的指引下前行。烟斗在首钢做了一辈子的机械工程师，此前对海事和气象完全是一无所知。这次，他虽然不能上船，但还是竭力要做出自己的贡献，在五十“高龄”，开始学习、研究海洋气象，奔图书馆、跑大学、咨询专家。

而我是船长，这次航行，对于我来说，那是一个梦想——复苏的环球航行梦，以及兑现在北极求婚时，对梁红许下的要在南极与她结婚的承诺。经过前前后后五年的筹备，买船和改装、购买物资砸下去的钱，放在几年前我都会咋舌，身边的人也有诸多不解。可人这一辈子有几个十年，总有些事要做不是为了钱，我们已经丢了太多梦想，甚至做梦的胆量。

“你去哪儿，我就跟着去哪儿。”梁红莞尔一笑。

我们所有人，航海经验全部是零。这更增添了我的责任感和压力，我不仅要把大伙儿带到南极去，还必须把他们安全地带回来。

满满几卡车物资运到码头的时候，我甚至有点儿心疼——这七吨多的货物，全部都要塞进“北京”号，挺委屈它的。一吨油，一吨淡水，三吨多的食物，两吨多的装备，还有救生装置和一些其他的备用品。一下水，“北京”号的吃水线就往上飙了十几厘米。

梁红掀开两个医药箱，拿着个单子跟小宇对医疗用品：脱脂棉、无菌手术包、氧气面罩、高分子绷带、医用手套、消炎药、碘伏、负压引流器、葡萄糖、生理盐水……

在我自学成为“船舶专家”的这段时间里，梁红也把自己历练成了一位见习船医。我说，希望到我们回来的时候，医疗箱还没打开过。

船、人、物资，三要素齐了。我相信，意志也早已在每个人的油箱里储备好了。每个人心里现在想的，肯定不是在祈祷风平浪静，一定是：让暴风雨来得更猛烈些吧！

择日启程，我把从白云观请来的“福”字，贴上了舱门。摆上香炉，点上三炷香，对着大海三鞠躬。这就是我们简短的起航仪式。

“北京”号，出发了。

干杯，梦想！

梦想虽然美好，但无处不是险峻相伴。

伤心太平洋

起航之前海事雷达给我们传来了此次环球航行的第一关任务提示：1.5 海里外有强降雨，夹杂雷暴。

雷达上猩红一片，风力 73 节，大约相当于时速 135 公里，比 12 级风还大。但它到底有多大的破坏性，我们还没领教过。但时间已定，已不允许我们另选日期。

2013 年 7 月 15 日，上海外滩风和日丽，我们登船出发的日子。没有送行人群，没有祭海仪式。虽然早已为这次航行准备了很久，可是站在岸边，我突然有点儿莫名感慨，在陆地上跑了这么些年，现在马上就要下水了。装甲车变成了帆船，可依然是探险，这就是我选择的生活方式。

登船，所有人都站在了自己的岗位上。船上还有两位海洋管理处的领航员，他们负责把我们从外滩领出长江口，到达公海。

半个小时之后，一艘小艇接走了他们，挥手便是最后的祝福。剩下的漫漫征程，剩下我们独自挑战。

万里航行第一步，虽然我们也曾想到过惊涛骇浪、疾风烈雨的艰苦，但此时脑子里的，只有兴奋。从未见过的广阔无垠，从未尝试过的浪漫旅程，这会儿都在刺激着我们的神经。

“航向 65 度，前进。”我发出了第一条指令。

忘了在哪本书上看到过，作者如此形容大海：我喜欢大海安静的样子，咆哮的样子。放眼过去，那开阔无边的大海，雄浑而苍茫，把城市的狭窄、拥挤、嘈杂，全部都挥到九霄云外。

写得很唯美，大海到底是什么性格，我们现在还不知道，只等我们乘风破浪，亲自去揭开它神秘的面纱。而接下来的18个月，大海将是我们唯一的伴侣、朋友和敌人。

“北京”号按计划路线走着，风平浪静，天水一色，一望无际。一种安宁的震慑感，让人顿时感觉自己的心胸开阔许多。老陈扯着嗓子，手圈在嘴边大喊着打招呼：“大海！你好，我们来了！”

没想到大海瞬间变脸，展示完它安静美的一面之后，开始露出它咆哮的一面。

海事雷达很准，雷暴和强降雨如期而至。风速突然从25节攀升到73节，风大浪高涌急，“北京”号成了汪洋孤舟，剧烈颠簸起来。

船上没有专业水手，头一次遭遇这么大的风浪大家有点儿慌神。我也有点儿蒙，原来预计，只会在穿越白令海，或者过西风带的时候，才会遇到70节以上的风浪，没想到刚出上海就遭遇上了。

还好，大伙儿很快反应过来，没有惧怕，反倒觉得在海上和风浪对抗，是件很刺激的事儿。留了一个人掌舵，所有人都出来拼命拉住绳子，绞住帆，尽量让船稳住，不被风浪拍离航向。

“这边！”“拉住！”“老陈，坚持住。”……在一片热火朝天的吆喝声中，“北京”号剧烈地颠簸摇晃着。帆顺着风，船则朝着逆风的方向开，在两股力的对峙下，船才不至于被掀翻。

终于，我们成功地穿越了雷暴区。海面又恢复了平静，我们所有人都成了落汤鸡，湿漉漉地或躺或靠，无力地击掌，喘着粗气。太平洋给了我们一个下马威。大伙儿疲惫的脸上挂着笑，战胜风雨的自豪感都写在额头上了。

“五星红旗还在，我们的阵地还在。”

几只海鸟在甲板上悠闲地散步，小宇眼尖，指着远处喷起的水花，有鲸鱼！原来只在电视上看过这种庞然大物，现在遇到了，我们当然不能错过机会。我赶紧让掉转船头，去追鲸鱼。两条鲸鱼在互相追逐着，我们没有过度亲近，保持距离远远看着，不想惊扰到它们。

突然舷侧传来几声干呕，是梁红。她脸色煞白，瘫软在那里，脑袋扭向海面，不想让我们看出她的难受。魏凯也不见了，暴雨过后，他就匆匆地钻进内舱，钻桌子底下躺下了。

他俩晕船了。

晕船这件事儿，不亲身经历的人想象不到。船是随着海浪涌动的，上下颠簸，晕船的人的那种感受，难以名状。不像是哪儿疼或者痒痒什么的，就是头晕、乏力、呕吐。

一整晚，梁红都没离开船舷，因为她随时都要呕。在边上伺候的我很难受，才出海一天，就感觉她憔悴了很多。我能做的，只是不停地让她吃东西，补充能量；然后让她转移注意力，尽量不去想晕船这件事儿。

但梁红一直在拒绝吃东西，无力地摆手，说吃不下东西，犯恶心。我也急了，这不吃东西更扛不住，必须吃，逼着她吃。于是，梁红吃了吐，吐了吃，难受得脸都扭曲了。她说，她恨不得把心肝肺全都吐出来。

后来梁红对我说，当时她真想跟我急了，那会儿最难受的事情就是吃东西，明明吃不下我还逼着她吃，但想想我毕竟是为她好，也就不去计较了。我说，等什么时候不吐了，就算是适应海上的生活了。

梁红为了不影响大伙儿的情绪，明明很难受，还是强打起精神，陪着大伙儿聊天唠嗑，趁着大伙儿不注意的时候，就转过脸去露出自己难受的一面，或者捂着嘴低呕。非常正能量。

同样晕船的魏凯，毕竟是个男丁，底子好点儿，相对能扛。他苦笑着说，想让自己不那么难受，只有一种方法：把自己打晕。

第一波风浪带给我们的，可以用四个字形容：人仰马翻。

连续几天，没再遭遇大风骤雨，但是依然有涌流，“北京”号还是有些颠簸。梁红的晕船状况更严重了，周身乏力，甚至有点儿没意识了，我赶紧给她喂东西，感觉她连张嘴的力气都没有，人还在抽搐，快休克了。我一下子急了，赶紧把她抱出船舱，放到甲板上躺着，让她吹吹外面的风。

梁红无力地半睁开眼睛，气若游丝地说：“老张，这才刚出来没多久，我就挺不住了，我们是不是到不了南极了？”

看着她难受的样子，我心里如刀绞特别难受。我已经急疯了，根本顾不得船上的事情。她毕竟只是一个女人，这趟旅程对她来说，实在太难了。她是我的爱人，我是要带着她去南极结婚的，但此时更像是带她来受罪的。

此前我遭遇过许多困难挫折，但从来没动摇过要环球航海的决心，此刻我有些怀疑了。是不是我人自私，带着大伙儿跟着我一起受罪？这时候反倒是梁红来安慰我，她说：“老张，这是我们自己选的路，既然选择了这种生活，那就不要怀疑，只要克服。”

苦笑着抱紧她，互相依靠。身体上，心理上，都是。如果没有梁红，我不会走到现在，也无法继续走下去。

航行第一段，大海给我们上了一课，教会了我们一个词：敬畏。

年少时的海女。

活着的美人鱼

“陆地！”不知道是谁在甲板上喊了一声。被晕船折磨得死去活来的梁红和魏凯，一下子来了精神，起死回生般爬上了甲板。

前面是济州岛。离开上海外滩60多个小时后，我们再次看到了陆地。我们也是第一次因为见到陆地，而如此兴奋。所有人都挤在甲板上，搭眼望去，由千年火山灰累积起来的韩国第一海拔——1950米的汉拿山，矗立在我们的前方。

我们环球之旅的第一站到了。济州岛名声在外，号称世界新七大自然景观之一。当然，吸引我们来的，必然不是它的美景。济州岛在我的计划书里，是一趟寻觅之旅，不是阳光沙滩，不是比基尼美女，而是一群神秘的“老女人”——“海女”。

济州岛有“三多三无”之说。“三无”是指无小偷、无大门、无乞丐，说明这里民风淳朴，无须设门来防偷窃，也无人乞讨。“三多”是指多石、多风、多女。济州岛是个火山喷发形成的海岛，多风多石能理解；多女则是因为，以前济州岛的男人大多要出海捕鱼，维持生计，遇难身亡比率很高，造成了岛上的“阴盛阳衰”。

正是剩下的这些女人们，有些接过了男人们的鱼篓，潜入波涛汹涌的大海，冒险去采集海底的海鲜。

在其他国家，这群人被当作传说，而在中国古代，她们的名字叫“鲛人”。而现实生活中，人们则把她们称为“海女”。据说，她们不需要借助任何潜水设备，就能在水下闭气 2 到 3 分钟，轻松下潜 20 米，徒手捕捞生活在海底的章鱼、海胆、鲍鱼等水生物。

而现在海女已在慢慢减少，只剩下一些老人家还在从事这一古老的职业。她们中最年轻的也有五十几岁，年长的，则有九十多岁。或许再过个十几二十年，海女真的会消失在这个世界上。

停船，登岛。一位在北京的韩国朋友 Cici，得知我们要在济州岛停靠后，赶回了韩国，来做我们的向导。

没有休整，我们去租了辆车。Cici 告诉我们出市区 50 公里外，能找到一个港湾，那里是海女的聚集地。

驶出济州岛，沿途有很多海女的石雕。我们开始感受到一些她们的特殊了，如果不是有极为重要的地位，人们是不会为这一群体塑像的。千百年来，她们已是一方图腾。Cici 说，如果没有海女，就没有济州岛。千百年前，正是这群女人，养活了这座岛上的居民。

跟着石雕走，我们离海女越来越近了。

我们到达了目的地，但很快就发现不对劲儿。这里人头攒动，游人如织，跟我想象中的只有几个年迈的海女在海里潜入浮出作业的景象，大相径庭。

因为名声在外，这儿已经变成了一个旅游区，世界各地有很多游客慕名前来。不过我还是见到了四五个海女，她们确实年纪很大，都是一些老奶奶。穿着黑色的皮质衣服，戴着潜水镜。

一个看似领班的海女，拿着麦克风，向游客鞠躬问好，然后说要开始表演了。人们纷纷举起手里的相机、手机，“咔嚓、咔嚓”一顿拍。

我很失望，这压根儿不是我想象中跟海女见面的场景。我想找的，是那种真正的以潜水捕捞为生的海女。我想近距离接触她们，了解并记录她们真正的生活，甚至跟着她们一起下海捕捞。

虽然我们眼前的，只是一场表演秀，但是仍值得一看，因为这些表演者们，也确实是真正的海女。在这个风景区表演，是她们工作的一部分。

海女们唱了一首渔歌，还跳了段民族舞蹈。下海前，她们在腰间绑上了一根怪异的腰带，上面串着两块打磨呈圆形的铅块。据说这两个铅块有七八公斤重，能够帮助海女们更容易下潜。

接着，她们就带着网兜，“扑棱”钻进了水里。

边上的梁红咬了咬嘴唇，有点儿感伤。她说，真的不可想象。在国内，在北京，七八十岁的阿姨，甚至再年轻一点儿的，都已经退休在家，带带孙子、颐养天年。但是在济州岛，这些八九十岁的阿姨们，依然在工作，而且是泡在冰冷的海水里，一年四季如此，每天都要潜水、捕捞。

在水里待了将近 20 分钟，各自都下潜了五六次，海女们结束了自己的表演，她们捞上来了一些海胆和海带。爬上岸，海女们没有一丝粗喘。

我们拦住了一位出水的阿姨，跟她聊了起来。得知她十几岁就开始学习潜水，到现在为止，从事这份工作已经 50 多年了。阿姨说，随着她们年龄的增长，未来海女的数量会不断减少，再过几十年，就没有女人会再干这个了。

阿姨笑着说完，跟我们鞠躬告别。

她的一席话，更增添了我们要找到“真正的海女”的决心，我想要记录下来这种即将消失的文明。

我们驱车沿着海岸走，希望能寻访一些渔村，找到以捕捞为生的海女。终于，我们在一座小渔村外，看见不远的海里，零零散散有几个海女在水里作业。她们安静地下潜、浮起，周围只有海风和浪花拍打海岸的声音。当她们下潜时，翻出水面的脚蹼，让我有了看到美人鱼的错觉。

守候在岸边，我想等她们上来之后，跟她们聊聊天。终于有两个人结束工作上岸了，我兴奋地迎了上去。但是她们看到了我们的拍摄镜头后，非常抗拒，挡住脸，拒绝跟我们交谈，也不让我们拍摄。

我们只能回到海堤上，远远地看着她们，有些失落。

Cici 突然说："我可以带你们去一家海女餐厅。"

一家不太大的店子，Cici 介绍，这家餐厅是村里的海女们一起开办的，厨师都是海女，她们也身兼老板和服务员。每天她们都会去海里捕捞海产品，然后回到这里工作，在这里出售，所有收入平分。

正当班的几位阿姨，人特别好，愿意跟我们聊一聊，也同意我们拍摄她们。她们在厨房里边忙碌地工作着，边回答我的一些问题。她们现在每天依然都要下海潜水，上岸之后再回到这家餐厅工作。

最后，我试着问她，我们能不能跟着她们一起去潜水捕捞。阿姨回答，她们今天的捕捞工作已经结束了，但是她邀请我们明天早上，跟她们一起出海。

欣喜若狂之余，阿姨们还给了我们特别的惊喜，把她们捕捞上来的美味烹饪好，请我们一一品尝。这些海鲜都特别的新鲜，甚至可以不用烹调，直接生吃：海螺、鲍鱼、章鱼……

第二天一早，赶到海女们下水的地点，她们已经换好了衣服等在那儿了。我们也是有备而来，带了水下摄像机、潜水服。这些东西在上海上船的时候，我就备着了，就为了今天跟海女的约会。

在我和梁红换衣服的时候，一位阿姨丢上来几个海胆，让我们尝尝。那是我有生以来，吃到的最新鲜的海胆。

下了水，阿姨们安静地在水面游着，眼睛望着水底，突然一下子就扎了下去，过了一会儿，就拿着猎物浮了起来，扔进网兜里。她们都是 60 多岁的人，但是在水里，动作迅捷矫健。

下水的一瞬间，我就倒抽了一口凉气，水很冷，冰凉刺骨。咬牙坚持住，可能因为太胖，我怎么也潜不下去。一位阿姨把我带到较浅的区域，教我下潜方法：要负重，要把嘴里的气吐干净。好不容易我潜下去了，看到海胆准备去摘，结果手还没伸到，就憋不住气儿了，耳朵还被水压得特疼，只能往上浮。歇口气再下去，就找不到刚才的目标在哪儿了。下潜捕捞是件有难度的技术活儿。

长期的这种海底作业，也损坏了海女们的耳朵，她们互相之间说话的声音都很大。海女们每次下去 2 分钟，每个小时下去 30 次，每天作业五六个小时。差不多每天得上浮下潜 100 多次，但我只下潜一次就累得够呛。这种潜水和休闲潜水，完全不是一个概念。

海胆好吃，海女不好做。

虽然海女们都熟谙水性，轻巧地在海底穿行，但是她们毕竟都那么大年纪了，再加上神秘莫测的海底潜藏着许多致命的危险，礁石、暗流、潜水病等，在水下，每一个轻率鲁莽的动作，都有可能致命。有些海女常为多撬一个海螺，或多抓一只章鱼，而导致肺中氧气不足，命悬一线。在繁忙的季节，每个月都会有几个海女因为事故而丧生大海。为了安全起见，现在海女作业都是结伴而行，由年老的带着“年轻”的，有个照应。

海女即将消失的原因之一，就是因为危险和实在太辛苦，下一辈的女孩，没多少人愿意继承这一衣钵。

拖着满满一网兜猎物，阿姨们满载而归。几个小时里，我的收获则只有两只海胆。长时间地捕捞，阿姨们已经很疲惫，但是她们的脸上一直挂着笑容，洋溢着那种收获的愉悦。

位叫金熙楠的阿姨，同意我们去她的家里看看。很简朴的一栋农家小院，挂满了他们夫妻和孩子们的照片。

金阿姨给我们做了一桌“丰盛”的午餐：三盘泡菜，三碗海胆汤，一盘海螺——海胆汤和海螺是为我们准备的，甚至金阿姨都没有准备自己和丈夫的分量。金阿姨说，平时他们自己的菜谱，就只有泡菜。这些东西她们天天打捞，但是自己却舍不得吃，要换钱，补贴家用。

这弄得我们有点儿不好意思动口。金阿姨劝我们，说我

海里的图腾。

虽然贫困，却无法熄灭的温暖。

们吃光所有的东西，她才高兴，那是对她厨艺的认可。

金阿姨是个“年轻”的海女，她跟那些很小的时候就学习潜水的人不一样，她原来是住在山上的，17 年前她还不会游泳。但是为了赚钱供养三个女儿上学，就举家搬到了海边，开始跟一位年长的海女学习潜水的技巧。曾经有两三次，金阿姨在海底徘徊在生死边缘。金阿姨说，虽然做海女很累、很危险，但是她却靠着这份工作，抚养大了三个孩子，并让她们都念完了大学。

我很好奇，金阿姨会不会让自己的女儿做海女。

金阿姨说，她的女儿跟自己提过也想做海女，但是她不同意。自己做海女的这些年，已经留下了很多的后遗症：鼻子经常发炎，偏头痛，手、腰到处都疼；每次下水前，都必须吃药；再老一些，大多数的海女耳朵就会失聪。

这些听得我们都很唏嘘，金阿姨却摆手爽朗地一笑：“只要想想家人，就觉得什么辛苦都值了。”

对话日本海上保安厅

掀开底舱的储物柜，一条天蓝色水柱扑面而来，鞋就湿透了。“船要沉啦！”我下意识地大喊。

大伙儿从甲板上冲下来的时候，脚下到处是涌出地板的水花，已经有小件儿在船舱内漂荡起来。

所有人的脑子都蒙了几秒钟，而后诧异，“不可能吧。”在我们的意识里，在海上只要船没事儿，多大的风浪都能闯过去。可没想到，刚出海没几天，船就进水了，茫茫大洋上，船只进水是件挺恐怖的事情，因为无依无靠。每个人都很恐慌。

不知道什么时候，海水悄无声息地渗了进来。可能在出上海时，那阵雷暴就埋下了病根。而出济州岛的时候又遇上了一段不大不小的浪头，就把底舱给弄漏了。

掀开所有的舱板一看，估摸着得有好几吨水进来了。

“别愣着了。老陈，减速；小宇、捷达，上水泵，两台都拉来。赶紧找哪儿漏了。”

干着急解决不了问题，所有人赶紧忙活起来。两台水泵一齐轰鸣，往外排水；身体还很虚弱的梁红，也拿着个盆子往外舀。我蹚雷似的，一平米一平米地搜寻漏水点，还是没有找到那个缺口。海水还在源源不断地往里涌，已经没到了小腿。

“准备救生艇。”无奈之下，我下了这道命令，让大伙儿有个心理准备。

沉没之前，我不能抛弃“北京”号，依然抱着最后一丝希望，搜寻着哪儿漏了。它是我们这次出行的所有依靠，它沉了，就意味着我们的航行到此结束了。

“咕咚咕咚。”一串气泡撞到我的脚底板上，我赶紧伸手下去摸，一段管子浮出水面，它漏气儿了。抹一把脸，手上不知道是汗还是水，我笑着说：“天无绝人之路。”

顺着管子摸下去，果然漏水点就在它的尽头。找块木楔，迎着正疯狂往里涌的水柱砸进去。堵住了，但并不严实，还有少量海水倔强地往里挤。

被水一泡，船上的很多设备都瘫痪了。“看下地图，附近有可以停靠的岛屿吗？”

魏凯抹了把额头上的汗，说：“最近的，是对马。”

大伙儿愣了一下。对马岛是一是非之地，韩国、日本为这地儿较了好几十年的劲儿，现在还吵着。而且岛上民风彪悍，早已名声在外。

在我还在犹豫要不要停的时候，一艘炮艇出现在我们的视线里。一面日本国旗，飘在船头。“日本海上保安厅”几个字，映入眼帘。以前都只是在新闻里，才能看见这一组织。浮现在脑海里的，全是日海上保安厅驱逐、拘留我国渔船的片段，尽是各种对峙和不友好。这会儿亲眼见着了，对其颇有敌意。正诧异着，警笛大作，两艘小艇不知从哪里窜了出来，向我们靠近。

看着炮艇甲板上那挺机关炮，我有点儿瘆得慌。扭头看向魏凯:“这儿到底是钓鱼岛还是对马岛?”

他咽了口口水，说:“确定，是对马岛。”

民族情怀强烈的我,看着对面炮艇船尾拉扯着的太阳旗,再瞅瞅我们悬挂的五星红旗，颇有点儿战场相见的感觉。但是这会儿，我们只能露出笑、挥着手，大声表示着友好，寻求 help。

对面拿着个扩音喇叭，迎风喊着。声音被风吹得七零八落,听不清楚也听不明白,但是语气里能感觉得到,是在警告。

“北京”号和炮艇的距离越来越近。最后他们先降了速，小心翼翼地靠近，跟我们对舷。双方都很紧张。两边人自说自话，汉语、日语全不管用，最后“Chinglish”和肢体语言解决了沟通问题。

对于我们船漏水了的状况,他们将信将疑。上来了俩人，先是检查我们的证件和船证，接着就是搜查船。末了，查我们的护照，我们没能拿出签证——出济州岛时，我们是做好了长时间不停靠的准备；在国内计划航线的时候，也没打算停靠日本，所以压根儿就没办日本签证。

气氛又陷入了僵持，看着船舱还在往里渗水，我脸上虽然还赔着笑，心里却是一横：老子船漏了必须得紧急停靠，丫让停咱得停，丫不让停咱也要停。

几个人叽里咕噜商量了一会儿，最后一个有肩章的手一

対州産業運輸
SS65 海上保安庁
りんくす

挥，示意我们跟着炮艇。后面，两艘小艇则呈翼状跟着我们，“押解”着“北京”号，进了港口。

离岸还有几百米的时候，就看见堤上黑压压的一堆人候在那里，严阵以待，如临大敌。

降帆，抛锚，拴绳。那一伙儿人第一时间围了过来，日本官员、海关人员、警察、卫生检疫，各机构的人全来了。他们争先恐后地往“北京”号上挤，甲板瞬间人满为患。我很无奈，有种“北京”号被敌方强行占领的感觉。

他们上来的第一件事儿，就是让魏凯把摄像机收了，小宇刚掏出来的手机，也被摁了回去，意思很明显：禁止拍摄。紧接着，他们就分成两拨，一拨继续进船检查，一拨围着我们，查证件、填表格。最后，上来几个技术人员，来核实“北京”号是不是真的出故障了。

好一番折腾，确认船出故障了、船上没违禁物品，一面带官相的哥们儿，在一张纸上签字，递了过来：我们被允许停靠对马岛三天。还有一页守则，看不明白，应该是各种禁止的条款。

所有人浑身一轻，先是船漏水，再是被搜查，一惊一吓，感觉人都快要虚脱了。日本人散去，大伙儿瘫软在甲板上，我无力地说：“就地休整。”

“扑通”一声，小宇就跳海了，洗个欢快澡。曾乔和老陈则挎上包，组团找网络去了。我冲着他俩背影喊："这儿人不好对付，你俩别给我惹事儿啊。"魏凯耷拉着疲倦的脸，往内舱走："我下去接着晕一会儿。"梁红则搬了个靠椅上甲板，惬意地躺下了，青山绿水海岸做伴。

天擦黑，突然四周警笛鸣作一团。我正热情高亢地做锅贴呢，只听见四面八方传来的警报声音，赶紧探头出来看。港口的船只都没了，就剩下孤零零的"北京"号，路上也不见行人。"不会是老陈和曾乔在外面惹事儿了吧？"这情形有点儿诡异，让我心里莫名紧张。

"不会是冲着咱来的吧？"魏凯探出脑袋疑惑地问。梁红埋头划拉着手机，说："没见岛上有什么新闻。"

"赶紧打电话，让曾乔和老陈回来。"不管是不是冲着我们来的，出事儿了咱队伍得在一块儿，组团死也不能落单被欺负。正说着，就远远看见俩人撒开脚丫子往船这儿跑。

一群人伸着脑袋紧张了半天，光听警笛鸣咽了，就是没见有什么动静。罢了，"甭看了，起火，接着煎锅贴。"

第二天早上，日本海上保安厅来人例行检查。梁红问他昨晚的警报怎么回事儿。那人轻描淡写地说："报错了。"看着我们错愕的脸，他先一愣，然后笑着耸耸肩，走开了。

对马岛属于日本、韩国纠纷地带，这种错误警报，跟北京雾霾天似的，隔三岔五就来，常见。

我们在对马岛的驻留时间，还有20多个小时，得抓紧时间修船，补充物资。这岛上的居民大多数是农民，平时的农产品基本自用和内销。我们的一顿疯狂采购，瞬间拉动了全岛的GDP。

给油泵加油的时候，海上保安厅的人给了我们一个电话号码。没一会儿，一个收拾得很利落的70多岁的大爷，驾着辆擦得锃亮的油车，从岛的另一边就过来了。大爷很健谈，边拿着油枪干活儿，边跟梁红唠，一个劲儿说些“中国人，很厉害”“我去过长城，太不可思议了”之类的，全无敌对情绪。

完事了一算账，油钱折合人民币几块钱，还不够大爷开车来的路费。付账时梁红有些尴尬，觉着不好意思。大爷没事儿人似的，临走还送了三条白毛巾。

“以后谁再跟我说对马岛民风彪悍，我跟谁急。”跟大爷聊得忒欢快的魏凯说。

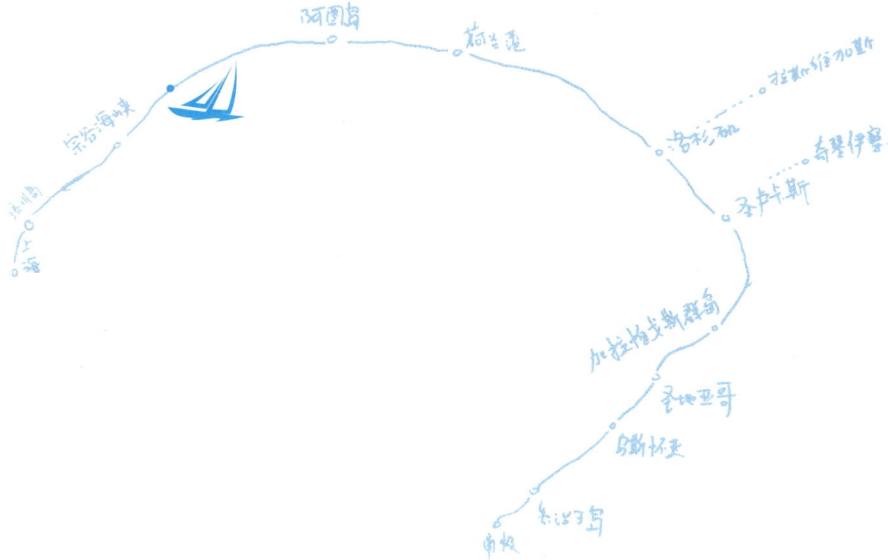

第二章 PART 2 横渡亚洲

敢问路在何方

老陈梗着脖子，面红耳赤地指着我吼："别以为你是船长，我们就什么都得听你的。老张你这是拿大伙儿的性命开玩笑！"

说实话，我真的很不爽。一艘漂荡在汪洋大海上的孤舟，有且必须只应该有一个船长。他是那个具有精神向心力的人，是那个能服众的人，也是那个具有决策力的人。现在我就处在这个角色上，我可能会犯错，但是我不能被质疑。

在与世隔绝的船上，人的精神很容易压抑。船长是规则制定人，也是一杆标杆，更是一座灯塔，这样才能让大伙儿收起自己的小想法。有秩序，航行才能继续，船上不存在民主。

其实离开大陆没多久，船上就起过争议。都是些鸡毛蒜皮的小事儿，比如吃饭，有的人抱怨咸，有的人抱怨淡，有的人闻不了腥味儿，有的人不能碰蒜……众口难调。船上资源有限，不可能私人定做。都是朋友，面子上没撕破，但是这是个隐患，必须要解决。我最后给出的方案是：做什么、怎么做，好不好吃，做饭的人说了算。

厨师就是老陈。这次老陈和我吵，倒不是我自己坏了规矩，嫌他做的饭不好吃，而是我主张更改航线。

出发之前，我们计划的航线是：停济州岛补给后北上，然后连续航行40天不停靠，穿过津轻海峡，经太平洋，到白令海，然后到北美大陆的阿拉斯加。但在对马岛附近，“北京”号出了故障，紧急停靠修补，已经偏离了我们的航线。

被日本海上保安厅“押送”出对马岛之后，我们应该回到预定航线，穿日本海进津轻海峡。站在海事地图面前，看着西北角的一个暗点，我犹豫了。那是宗谷海峡：一条夹在日本北海道和俄罗斯萨哈林州之间的小径，是日本海和鄂霍次克海的要冲。

宗谷海峡是日本通向太平洋的北方出口，也是俄罗斯太平洋舰队出入太平洋的重要通道。其在北太平洋上的战略地位，自然不必多言。除此之外，那一块儿风急浪大雾浓，没多少民间船只敢走。

我对宗谷海峡的兴趣点，除了其富有挑战性之外，更在于前不久，中国海军舰队的五艘军舰，第一次通过了宗谷海峡。我曾不止一次重申自己那狭隘和狂热的民族自豪感。现在，我想让“北京”号成为第一艘通过宗谷海峡的民间船只，让五星红旗在日、俄战略要塞上飘过。

老陈情绪很激动：“宗谷海峡可不是咱们能去玩儿的地方，太险了。”

“咱们就是来探险的。”险湾恶水，更激发了我要去挑战的兴致。

“探什么险？出发前我们研究那块儿水域了吗？那种战略要地，水文资料少得可怜，对于我们来说，更是两眼一抹黑。所有人都走津轻，就你偏要走宗谷。OK，改航线可以，你要给大家一个理由。”老陈说的是实话,却起了相反的效果。

“走宗谷绝对会比走津轻有意思得多。有难度,有挑战。”我的理由有些自私，“绝大多数人一辈子走不了一次宗谷。”

我俩谁也没有说服谁，在我心底，其实我觉得我没必要去说服谁。在船上只有一个船长，别人提的，只属于建议，没有意见。“北京”号一定会走宗谷海峡。但大家都是朋友，我需要给他一个台阶下。船上举行了一次民意投票。

小宇表示，水手遵循船长的命令。魏凯跟我一样从民族感情层面出发，挺兴奋，觉得走宗谷是件很爷们儿的事情。曾乔上船之后话就一直不多，他犹豫了一会儿，把票投到了我这边，却说心理上支持老陈：“那是片未知海域，我们完全陌生，应该保守点。好的船长首先要明白什么是团队，你不是单人航行，你不是一个人。老张，希望你做任何决定的时候，能从团队的角度出发。”

一艘海上的船，都是船长责任制。船员跑肚拉稀了，也是我的责任。在责任的同时，我也必然拥有决策的权力。

说实话，这次的争论，让我有些怒不可遏。我知道在船上狭窄、隔绝的环境里，一个船长失去了权威之后，会有多么可怕的结果。一艘没有向心力的船，在极端环境的摧残下，最后往往会出现叛逃、断杀等情况。

在大伙儿陷入争论，都有点失去理性的时候，梁红过来劝我："老张，走宗谷也不是不可以，但是不能贸然去闯。我们去哪儿从来都是事先做好充分的准备，不是脑子一热想去哪儿就去哪儿的。"

北京后方的烟斗，紧急搜集资料，查询海事地图。老天爷帮了我一把，烟斗反馈的信息是，如果走津轻，我们会遇上一个逆流，会形成巨大的旋涡，这对帆船来说很要命。最后，老陈和曾乔没被我说服，被那股逆流给说服了。

无论如何，"北京"号调整了方向，往宗谷海峡驶去。

虽然达成了一致，但是船上的气氛还是有点儿僵，这会儿梁红突然指着海面说："看，海豚！"

两条海豚跟在"北京"号后面，像在跟我们玩儿似的，一会儿追逐，一会儿超过我们，在前面领航。在太阳和水的折射下，海豚的颜色一直在变。围着船舷，看着欢快的海豚，大伙儿刚才的紧张，一下子被卸掉不少。

我想起了一句话："有海豚跟着的船，是幸运的。"

深入海峡，突然海豚们潜到了水底，再一抬头，发现我们闯入了一片浓雾区域，太阳也突然遁形。天瞬间暗了下来，大白天我们甚至要借助船灯，才能看清楚彼此的脸。能见度

水里，天上，蓝着蓝着……好自在。

一下子从一目千里，变得从船头到船尾都很模糊。

这种情况下，如果触礁或者撞上什么的话，我们肯定凶多吉少。雷达成了我们唯一的眼睛。

一路小心翼翼，虽然能见度很低，但是并没有出现什么意外事故。

天空逐渐干净了起来，俄罗斯的库页岛出现在了我们眼前。它像地标一样，告诉我们已经安全地穿越了宗谷海峡。

眼前，是鄂霍次克海。

鬼船迷影

“没水了，没油了。”检查完船舱的曾乔，给所有人兜头浇了一盆水。

船上的海水淡化器出故障了，水泵罢工，我们没有淡水了。刚进入鄂霍次克海时，有一段遇到了风浪，我们启动了发电机，消耗很大，柴油储备也见底儿了。

人心惶惶。在一望无际的海上，帆船缺油还能依靠风力继续航行，但是没有淡水，这是性命攸关的大事儿。

接下来，我们即将经过南千岛群岛，切太平洋的一个角，进入白令海。在到达荷兰港之前，我们是没有地方可以进行补给的。怎么办？

没办法，联系日本方面。发电报，我们申请紧急停靠北海道的稚内港，进行补给。日本人好像对我们私自穿越宗谷海峡很不满，觉得我们是在挑衅他们，认为我们走这里有政治目的。申请登陆时，日方给我们使了很多绊子，设置重重阻碍，最后还要收取我们一个天价补给费。

“就补点儿水，至于吗？”我很恼火，“船上的淡水储备能撑多久？”

“不到 10 天。”

“撤，咱不停稚内了，小日本太欺负人。”

“可是没水的话，咱们……”

“求天求地求自己，坚决不求日本人！”好不容易在对马岛积攒的一点儿对这个民族的好感，很快就在稚内港被中和掉了。

“北京”号扬长而去。大伙儿都紧闭着嘴没说话，虽然对日本人的小气不满，但现在不是斗气的时候。没有水和油，问题真的很严重。每个人的心都悬着，我自己心里也很虚。

屋漏偏逢连夜雨。在鄂霍次克海上，我们像进入了无风带似的，海面平静得可怕，无风无浪。风平浪静本来是件好事儿，但是这会儿却很要命：“北京”号的帆失去了作用。

无奈只能再次启动发动机，剩下不多的柴油被源源不断地消耗着。

距离下一个停靠点，有 1700 海里，还要跑半个多月。但是我们剩下的柴油，最多能支撑我们跑一个星期。

没水、没油、没电。“北京”号就快弹尽粮绝了。

各种应对的招儿我们都用上了。用海水做饭，还省盐。完事餐具用绳子拴着扔进海里，被船拖着跑，拉回来就涮得特干净。需要用水的个人卫生方面，能省的也都省了。刷牙、洗脸、洗澡……一律暂停。10 天下来，所有人都蓬头垢面，那会儿谁遇上我们，准会以为碰到海盗了。

为省水，不冲马桶，导致了另一恶果——船上的废料储藏箱堵塞了，整艘船臭气熏天。紧急抢修，曾乔拿着扳手拆卸，我修着疏通管。年轻的小宇则负责把堵塞的垃圾、粪便给抠出来。

夜幕下，看不见光，让人心里的恐慌翻倍。突然蹿出来一个巨大的黑影，像是一条船，时隐时现。在雷达上，它的信息也很怪异，速度跟心电图似的，不停地起伏、变化。突然，它的位置一下子变了，不是航向变化，而是瞬移到了另外一个位置。不知道谁喊了一句，“鬼船！”整个船上一下子就凌乱了，有人开始讲各种听来的海上鬼故事。

“别他妈讲了，心烦。”有人已经不耐烦了，大伙儿心里多多少少有些瘆得慌。

一股怪异的氛围在船舱内弥漫，让人有点儿莫名其妙地恐惧。在雷达上，前方就是个红点，不确定是什么东西。我钻出船舱，却发现什么也看不见。

“熬着吧，等天亮了再看看情况。”

晨曦破雾而出，海面依然是可怕的平静。凌晨的“鬼船”不见了。雷达上的诡异，我们无法解释。

四个小时之后，又起雾了，我们查询确定航向时，一座孤岛出现在地图上。北京的烟斗告诉我们，那是新知岛。当年是日军占领，“二战”时候，成了苏联和日本的战场，死了不少人。后来苏军把那儿建成了潜艇基地，但是没多久就因为种种原因，被废弃了。目前主权未定，俄罗斯实权支配。

半个世纪下来，关于这个岛的恐怖故事，不断地流传，它也得名“恶魔岛”。强风中，浓雾下，若隐若现的小岛显得鬼影憧憧。

“怎么办，船长，挺邪乎的，要不咱们绕吧？”

“靠岸，登岛。”我们没有选择，一是需要补给，二是在海上漂着，昨晚的“鬼船”让人心有余悸，也需要上岸稳定一下心神。

大雾让停靠变得很有难度，因为能见度有限，我们根本不知道岛距离我们到底有多远。最后，我们是被强行停靠的。

影影绰绰。

因为雾突然散去，一抬头，发现岛就在我们眼前了，差点儿没直接撞上。

是福不是祸，是祸躲不过。在弹尽粮绝的条件下，这个岛是我们唯一的希望。没料到，这会儿进岛也成了奢望。新知岛只有一个狭窄的入口，如瓶口般，两边都是暗礁，口子那儿居然还密密麻麻地长满了海草！

漂着进港不耗油，但可能撞上暗礁；打开螺旋桨的话又可能被水草缠住，到时就更加进退两难。我犹豫了一会儿，下令："拼了！给油，加速，冲进去！"

很幸运，"北京"号在水草丛里杀出一条血路，冲进了恶魔岛的内港。阴冷、荒凉的感觉，扑面而来。钻进鼻子里的，全是腐败的味道；两岸，到处是被苏军抛弃的锈迹斑斑的设备。

"不对劲儿啊。"曾乔指着航海仪说。大伙儿凑了过去，都被吓了一跳。仪器上的海水深度数据，在不停地变化着：160 米、3.3 米、148 米……这完全是海底悬崖。

在这种地形下，抛锚靠岸是不可能了。只能找一个深度相对稳定的地方，放小艇先上岸，再用绳子在岸上拴住船，最后再在水中央抛锚。

这个简短的步骤，我们折腾了八个小时，"北京"号终于能稳住了。天已经完全黑了，浓雾渐起，四周的环境再次变得诡异起来。“回船上吧，这岛有点儿问题，咱今晚还得在船上过夜，不能上岛。”

虽然我们极力想岔开话题,最后还是回到了恐怖故事上面。毕竟这儿曾经是战场，有几千人死在了这里，可能我们的船底水下，就是累累的白骨遗骸。夜雾里，没准游荡着不息亡灵。

这个地方的一切，都太反常了。每个人的心里，或多或少都有些害怕。这种情绪不能被传染，我只能通过开玩笑，来转移大家的注意力。

“大家注意啊，天亮之后登岛，我给大家分配一下任务。小宇你年轻阳气重，负责头前开路。魏凯和曾乔，你俩铁血战士，负责清扫僵尸和异形……”

“那我干吗？”

“梁红，你就负责喊救命……”

“老张,要不咱们撤吧？不在这儿停了。太恐怖了。”老陈说。

没有燃料，没有淡水，这儿就算是地狱，我们也得闯！

荒岛寻宝忌

昨日种种，已经给这座岛笼罩上了恐怖的色彩，导致每个人踏上岸的时候，心里都很不踏实。左顾右盼，小心翼翼，

废弃军事基地前的齐腰草芥，使人惴惴不安。

生怕会出现什么东西。我们都是现代人，笃信科学，但是怪力乱神，只要环境铺垫得到位，总会让人人心惶惶。

淡水、食物、柴油，性命攸关。我们没有其他选择。

“集体行动，不要走散，我打头，你们每个人相互隔着5米，沿着我走的脚印儿走，保证每个人都能互相看见。”登陆前，我这样交代。从烟斗发过来的信息看，这个岛上还遗留着不少苏联人的地雷，当然这个消息我没有告诉大家，不然他们肯定是不会上岛的。我只能自己身先士卒去蹚雷，大伙儿跟着我的脚印走，能把危险降到最低。

四处散落的一些破旧、腐烂器械，让岛上所有劲翠、苍绿，全部黯然失色。没走几步，就发现乱草丛里躺着一辆锈迹斑斑的发电车。不远处，一个破烂的雷达瘫倒在坑洼里，半截已化作泥土。一路走下去，各种各样的军事装备遗骸，相继露面。

尽管到处是铁锈、铜绿，我们还是扒拉了不少能为我所用的东西，电线、零件，等等。继续向前，我们的目标是找到储油库和水井。

功夫不负有心人，我们的前面出现了一排锈迹斑斑的管子。我强烈地感觉到，那就是当年苏军给潜艇加油的管道。很快我们就找到了过滤器，很遗憾里面是空的，但至少给了我们一丝希望。顺着管道摸下去，7个硕大的油罐赫然出现在眼前。

喜出望外，我们竟忘了之前的所有阴森和紧张。

从油罐口往里看去，里面还有东西，但是没有柴油味儿，罐底全是乳化的油水混合物。用木棍蘸上一点儿拉出来，打火机还点不着。看着所有的油罐都没盖子，我明白了。应该是苏军撤离的时候，把盖子掀了，几十年过去，柴油的有效成分早挥发了，留给我们的，只剩下雨水和油的混合物。

大喜大悲，在几分钟之间转变。没条件、没时间让我们垂头丧气，还得继续搜寻下去。

一个山头被我们甩在身后，脚下的低地里，矗立着几栋残破不堪的楼房，那应该是营地。墙面斑驳，几十个黑洞洞的窗户，像一个个睁大的眼睛，在静静地看着我们。所有窗户上的玻璃，早已星碎，木框也风化得满是蛀痕，但偏偏顶楼正中间一扇窗户，玻璃却是完整的，而且还被涂成了红色。血样的标志，仿佛是在警告我们：禁止入内。

“休息一会儿，准备进去。”我说，刚才那些设备上的小收获，让我坚信在里面能够找到些有用的东西。

梁红用木棍在挑逗着地上的野花，几个男人散了一圈香烟点上。忽然老陈脸色变了，“一、二、三、四、五……怎么少了个人？”这种环境下，这话实在太瘆人。我扫了一圈，确实少了个人，曾乔不见了。

瞬间，所有人的脸色都变了，先是紧张地扭头四顾，然后目光齐刷刷地看向我。周围死一样地安静，风无声，虫无语。

“捷达！”愣了愣神，我大声喊道。

“哎，这儿呢！”不远处草丛里，曾乔边系裤腰带边招手，“上了个厕所。”

虚惊一场，我们松了口气。我板着脸假装严肃：“你这是溜号你知道吗？不是说了集体行动吗？上厕所也得打申请。再说，异国他乡的地儿，谁让你随地大小便了？”

曾乔先是一愣，接着跟大伙儿一块儿笑了。刚才恐怖的氛围，有所缓解。

走到楼房前，所有人都不约而同地停住了脚步，看着黑洞洞的门口，面面相觑。最后小宇成了我们的“蹚雷兵”，童子军阳气盛。

小宇黑着脸提着探照灯，硬着头皮进去了。我能看见他的小腿肚子在打哆嗦。我心里也很没底，不是害怕什么牛鬼蛇神，而是担心我的船员出事儿。我把他们带到了这里，就必须把所有人都安全带回去。

改走宗谷海峡、海水淡化器损坏、柴油告罄……种种情况，都不在我们出发前的备忘录上。

“Clear，安全。”小宇的声音从里面传来。留下老陈在门口望风，剩下的人全进去了。

黑漆漆的一片，霉味儿更重了。无尽的黑暗里，手电筒的光显得那么弱小，带来不了多少安全感，但多少能壮胆。

我们先进了机房，都是废旧的控制装置和被掏空的电箱。我在上面抠下来不少保险栓、保险丝。梁红说我这是掘地三尺的搜刮。

没走几步，梁红就用怯懦的声音提议回去，她说总觉得哪儿不对劲儿。她想起一条新闻，大概是 2010 年的时候，俄罗斯曾计划在这岛上建一个核废料厂。此时我们没有带盖革计数器，如果俄罗斯人真的已经在这儿倒了核废料，我们一不小心就会被辐射致死。

我不甘心，直觉这房子里面我们还能找到一些有用的东西。

黑暗、狭长的走道后半部分，是营房。我们找到了厕所，甚至还有桑拿房。接着是宿舍，墙壁上还贴着着装标准的海军招贴画。手电筒灯光扫过去，破旧的皮鞋、罐头罐子、牙膏皮……如果刨除这些东西表面的灰尘与锈迹，我们完全能相信这儿昨天还有人住着。

走廊的尽头，是一间洗衣房。栏杆上挂着许多衣架。我取下一个，掰断看了看，铝制的。“好东西，咱们可以拿回船上当电缆用。”我说着就开始大把往下取。

“不吉利，放下，不吉利……”一个阴森森的声音从身

进出口要塞远看像一盏质地诱人的瓷器，轻、慢、谨慎，天生战略基地的样，让里里外外的人心里都端着！

后飘来。我和梁红吓了一大跳，回头看是魏凯，不知道他是故意的还是怎么，他平时声音不是这样的。这会儿他的脸色也有些不对劲儿，目光呆滞地看着我手上的那些衣架，说："你拿走了，他们回来衣服往哪挂？"

"谁啊？谁还回来挂衣服啊？"梁红开始还没反应过来，紧接着就"啊"地惊叫了一声。

"天黑了，大伙儿赶紧出来，准备撤。"门外放哨的老陈喊道。

他们几个像听到下工号似的，赶紧往外走。殿后的我临走又抓了一把衣架带出来。

这座岛总给人一些说不出的感觉，所以晚上我们万万不敢在岛上逗留，趁着天黑之前，回到船上。

不算丰收的一天，担惊受怕之余，总算不是一无所获。我让魏凯把我带出来的衣架洗一洗，他躲得远远的，依旧连说不吉利。

"没找到柴油和水，怎么办？"这是这些天一直困扰在我们心头的头等大事。

我十分无奈，说："自己动手，丰衣足食。没柴油咱们还有帆，能走一阵子；先解决淡水问题吧，明儿咱们试着修海水淡化器。"

夜深，大伙儿还没完没了地说着鬼故事，配合着外面的诡异环境，继续吓唬着自己。

出发前，学习的时候，全顾着了解船去了，海水淡化器真不会修。我们只能用最笨的办法，我和魏凯俩人，把海水淡化器拆了装、装了拆，五六次之后，搞清楚了它的结构原理，终于找出来它到底哪儿出毛病了，动手修理。

大半天工夫,水管里终于又流出了淡水。一脸机油出舱，准备报喜，远远看见梁红在岸上向我们招手，招呼我们赶紧过去。看她脸上的兴奋劲儿，肯定不是遇到什么状况了。小艇刚靠岸，梁红就示意我们小声点儿别咋呼。顺着她的手指看过去，山坡上一只小狐狸，正在悠闲地觅食。

这是件很让人兴奋的事情，这几天我们被恶魔岛的种种诡异气氛弄得精神一直很紧张和压抑，此刻在无人岛上，竟然看见了活物，还是那么的可爱，所有人自然而然地感觉轻松，不由会心一笑。都说看见狐狸不吉利，但此刻这个小精灵带给我们的，全是安慰。

小狐狸也看见了我们，但是没有惊逃，而是抬着头好奇地看着我们，眨巴着眼睛，还调皮地摇了摇尾巴，便继续埋头寻找食物。在无人岛上，它应该是第一次见到人类，并不害怕。

回到船上，梁红变戏法似的捧出一筐海胆，尝了尝，比济州岛的还新鲜。梁红说，这儿捞海胆很容易，不用像“海女”

那样潜到海底，岸边浅水处的石块缝隙里，到处都是。惊喜还没完，接着一盒野生草莓也被摆上了桌面，也是他们下午去采摘的。奶油味特别正，比北京大棚种的鲜上许多。

这一天的恶魔岛，给我们呈现的是它的另一面：恬静，天然。

“入侵”美军基地

经历过昨天的友好，今天恶魔岛又给了我们新的馈赠，送了我们一片晴天。三天来，这里一直都是雾蒙蒙的，特别让人烦躁。阳光总是容易让人开怀，解决了淡水问题，好心情的我们要扬帆继续出发。

两岸此前让人压抑的暗绿,这会儿在阳光下是一片苍翠，朵朵野花，在海风中摇曳，分外婀娜。“美，太美了，简直判若两地，咱们昨天是在这儿吗？”我们都开始怀疑自己的眼睛，这哪里是恶魔岛，分明是一片风景秀丽的洞天府地。

“老张，不对劲儿。”老陈蹙眉指着远处。

我们进岛那个狭窄的入口，在全岛阳光普照的情况下，此刻竟然还是一片烟雾缭绕，雾蒙蒙一片，仿佛有什么东西在里面翻腾搅和。紧接着，其他地方也迅速暗了下来，我们头上的阳光瞬间遁去，归于一片阴沉。

空气仿佛凝结了，所有人都目瞪口呆，船上的气氛瞬间又变得诡异起来。有人小声嘟哝：“恶魔岛这是拦着我们，让我们多留一阵子么？”

“应该是岛屿的特殊地形，造成的独有的自然反应吧。”我打住大伙儿的胡思乱想，说，“起锚，升帆，咱们走。”

锚起不来了，绳索紧紧地绷着，三个男人使劲儿拉，纹丝不动。卡锚了。

“衣架，衣架！老张，你从营地里带出来的衣架，赶紧给送回去。这是‘他们’在拦着我们呢，不让带走‘他们’的东西。”魏凯紧张地说。

我还真不信这个邪，说：“别神神道道的，光天化日，哪来那么多牛鬼蛇神。”

但是好像除了我之外，大伙好像都挺信，眼巴巴地看着我。不用投票，民意结果已经出来了。从进岛之前到现在，这个岛上不可解释的事情太多，宁可信其有，不可信其无。无奈，我还是把那些搜刮来的“战利品”，扔进了太平洋。

物归原主并不奏效，锚依然拉不上来。放了台水下摄像机下去，传回来的图像把所有人都吓了一跳：几条跟我身材差不多粗的铁链，盘根错节地卧在海底，我们的锚就被它们卡住了。左挪右挪，纹丝不动。

“实在不行，咱们割锚绳吧？”老陈建议。

“咱就一个主锚，扔了以后咱们怎么办？还停不停了？”

不停地调整船的位置，折腾了四个多小时，锚终于松动了，被拉扯着浮出水面。

那层雾障，依然在出口处张牙舞爪，阻挡着我们离去的路口。“还记得我们进来的路线吧？”我说，“老办法，给油，冲出去！”

“北京”号钻出浓雾和海草的重重包围，再次回到太平洋上的时候，所有人都有一种逃出生天的感觉。坐在甲板上，再回望身后，恶魔岛又恢复了我们初见的样子，被隐藏在浓雾中，轮廓若隐若现，仿佛有形状怪异的东西，在里头张牙舞爪。

收回目光，“北京”号再次出发，但已经不再意气风发。到计划中的下一站荷兰港，还有 1400 海里。柴油储备已经彻底告罄，海水淡化器能提供的淡水也少得可怜。

后来的路，让人意外地顺利，风和日丽，万里无云。我们却没有丝毫的心情，去享受大海难得的温柔。缺水、缺油，始终像达摩克利斯之剑，悬在我们心头。

我们不得不再次改变航向。跟着雷达，“北京”号把我们送到了下一个岛屿：阿图岛。后方的烟斗告诉我们，那里是一个美国空军基地。和日本海上保安厅交锋之后，这回咱们要去和美国空军过招了。

虽然在大家心里，美国人的形象要比日本人好很多，但是也难免有所担心，山姆大叔的大兵们，如果不让我们登岛怎么办？那儿毕竟是军事重地，硬闯搞不好会开枪。

油量器的警报一直“嘀嗒”在响，容不得我们前怕狼后怕虎。非登岛不可。

太平洋北向的尽头，一座孤岛守候在那里，它就是阿图岛，作为太平洋和白令海的地头标，地势很平，附近水域也没什么险滩暗礁。

“北京”号慢慢靠近。打探灯，喊喇叭，我们友好地向阿图岛打着招呼，希望它能接纳我们。最后我们收到的回复，是一片空寂。望远镜里看去，整座岛寂静空荡，了无人烟。又是一座无人岛！美国人撤了，这是一个废弃的空军基地。

所有人刚燃起的希望，立马破灭大半。

“省了和美国兵打交道。”我说，“靠岸，抛锚，咱上。”资本主义国家就有浪费的毛病，美军撤离伊拉克和阿富汗的时候，都留下了大量物资。他们的“优良传统”，让我坚信，在这座岛上，我们能找到柴油和淡水。

靠泊，一群海鸟旁若无人地在半截浮桥上散步，看着我们这些闯入者。登陆，一座炮台赫然出现在我们面前，此刻它已然失去了威慑力，仅作为一个名片，告诉来客：这里曾经是大美利坚的空军基地。

阿图岛的初见印象，全然没有新知岛那么让人不舒服。没有漫漫愁云惨雾，没有啾啾怪鸣，遍野碧绿，给人耳目一新的感觉。虽然也偶有遗弃的军事设备，但都经过了封盖、刷漆处理，面貌未腐。

山脚平坦地带，几栋刷得洁白的小楼，是这个基地的大本营。墙面没有斑驳，庭院不见落叶。虽然美国人撤了，但是这里的安静和一尘不染，让我们仍然怀疑，这里会不会还留着若干宿管员之类的工作人员，在驻守着。

挨门挨户地敲门，所有门都上了锁。这里是真没人了。

咱们得进去。爬窗户、上消防梯，发现所有的窗户和通风口也都被封死了。

“上工具，撬门。”

“咱这算非法入侵吗？这样不好吧？”

“没辙，江湖救急，大不了咱们打个欠条留这儿。”

扳手、起子，再加上液化气的高温火焰，好一番折腾，我们终于突破了美国人的封锁线。

大门推开，没有扑鼻而来的灰尘、腐烂味、铁锈味、见光扑腾而出的蝙蝠……里面依然一尘不染。“这屋主人太讲究了。”老陈竖起了大拇指，其他人则都是目瞪口呆，睁大着眼睛，看着眼前所见的一切。

客厅、卧室、卫生间，浴室里还专门配了桑拿房和按摩浴缸！家具、沙发、茶几、杂志……浓厚的生活气息，让我们再次动摇了，这里肯定还有人。“房东出门遛狗、打猎去了吧？”

“遛狗还把大门给焊上啊？肯定没人，就是美国人太讲究了。”

“我觉着吧，这儿是暂时废弃。美国人把这里封闭了起来，什么都留着，等到战时，部队回来后什么东西都可以接着用。”

只有这个理由让大家信服，但同时反应过来，这样的话咱们就真的算是非法入室了。“八国联军入北京和朝鲜战争的时候，美国人不也不请自来吗？”我们只能这样来安慰自己。

越往里走，这个基地给我们的惊喜越多，这儿完全就是个大宝藏。工具、药品、食物、矿泉水……我有点儿想连锅端，把整栋楼都搬到船上去的冲动。“咱们在新知岛上淘的那些苏版垃圾，都可以扔了，该更新美版的了。”

“别什么都拿，咱船上也塞不下，再说人家可能还得回来呢。咱们别跟扫荡似的，搞三光，咱就跟日军一样了。”

最后大家简单分了下工：魏凯去搜罗工具，老陈去找加油气泵，曾乔找粮草补给；小宇和梁红全方位扫一遍，看看还有什么能用的都揣上；我负责去寻找终极宝藏：柴油。

美国大兵的生活还是蛮滋润的。

寻宝路上欢乐不断。曾乔在后院里，发现了一个大水池和水箱，咱们的淡水危机警报，一下子解除了。在军需库里，我们找到了游戏机、飞镖盘、录像带、光盘……一个冰箱突然站在了我面前，毫不犹豫地打开，没电，但是满满塞着矿泉水，一看保质期，还能喝。我乐了："打包，全部带走。"

两枚炮弹的出现，才让有些忘形的我们有所收敛。想起来这儿好歹是个军事基地，搜刮太狠的话，以后人家真的回来了，查出来是咱们干的，搞不好会有政治纠纷，咱们几个算是给国家抹黑了。

扔了芝麻和桃，咱们得接着找西瓜：柴油。岛上发电，一定需要柴油。摸索了两个多小时，我们终于找到了发电机房。一个白色的圆桶油箱，安然立在机组群旁边。

我大喜过望，拿着扳手，就拧上了。阀门里开始往外流液体，闻了闻，是水。没一会儿颜色就变了，褐黄色，柴油味儿在空气里散开来。我跟梁红击了个掌，咱们算逃出生天了。

正在高兴劲头上，"叮咚"几声，阀门那儿的水流停了，变成了"嘀嗒"往下滴。空罐，没油了。

大喜大悲就在几分钟之间。我安慰说："是个好苗头，接着找，肯定还有油。"

刚才那个空罐果然只是一个提示和线索，就在隔壁房间，一个更大的方形油罐安静地等待在那里。

油表上显示着170加仑，连油泵都在！为免再次乐极生悲，我扔了根线进去，拉出来闻了闻，那是世间最美的味道，满满一箱的柴油！

恋恋阿图

170加仑柴油，装满了我们的6个油桶，一点儿没给美国人剩下。叉腰看着这些贵如黄金的柴油，想想这些天因为缺油而担惊受怕遭的罪，此刻的幸福感甭提了。

“船长，话说这么些油，咱们怎么运到船上？硬扛回去么？”光顾着高兴了，曾乔的话给我提了个醒。我捋起袖子掂了掂，“不行，忒沉，咱得弄辆车。”

在这个充满惊喜的营地里，我们丝毫也不怀疑能轻松找到一辆车。

车库很快找到，一辆迷你越野成色看上去最新，被我们揪了出来。收拾一番之后，发现发动不了。大伙儿眼巴巴地看着我，修车这事儿，我天生是专家。就地取材，从其他车上拆下来零件，一一被填补到我们的车上。

折腾了大半天，车的发动机终于轰鸣起来，喜不自禁，溢于言表。

梁红神神秘秘地走过来，背后拽着个纸板，对我说："老张，送你份礼物。"说着就把那个纸板架到了车子的前架上，上面用自喷漆，歪歪斜斜地喷着四个字母：MINI。

我一下子就乐了，梁红知道，我最喜欢的车就是MINI。

没有月亮的夜晚，岛上漆黑一片。"大丰收的一天，先回船上整顿好吃的，明儿专心运油。"

虽然能吃的只有罐头，可咱现在有油有水，所有人充了电似的，多日来的压抑，一扫而光。

小雨淅沥，我们像第一天上学的孩子，欢快地驾着"MINI"去载柴油，分三趟拉完。看着油缓缓流入"北京"号的油箱，就感觉像股股能量被注入了自己的血管，精气神一下子就上来了。

正美着，就听见小宇在甲板上的声音：美国人回来了。

刚听到这话的时候真的有点儿慌了神，人家若真来兴师问罪，咱们可真的一点儿理都不占。出来一看那艘庞然大物，"北京"号完全不是个儿，仅剩的一点儿实在不行搞对抗的想法，也被摁熄了。

"不对，那不是军舰，没炮塔，应该是货船。"老陈说。

拿起望远镜看过去，果然是货轮。望远镜里，对面的人也看见了我们，还在向我们招手。便衣，不是军人。

敌友目前不明，看他们不打算靠岸的架势，应该是过路

风起云涌的年头，失落是无人问津的桤木，承载天空降落的瞬间。

船。我、梁红、老陈，驾着小艇过去了。对面甲板上站着三个美国人，表情和善，笑着一一拉我们上去。他们先自报家门，这是艘运油的货船，负责给阿留申群岛那些有人居住的岛屿送汽油的。这会儿靠近阿图岛，是来紧急避风的。

当得知我们是开着帆船，从中国到达这里的时候，对方船长竖起了大拇指，跟我们握手，然后问："你们怎么弄淡水？你们有海水淡化器吗？"

我给他们讲了我们海水淡化器从坏掉到修好的故事。他点点头，说他们自己的海水淡化器也坏了。紧接着他又问："你们上一次是在哪儿停靠的？"

当得知是对马岛之后，船长呈惊讶状，显然他很明白这个距离，知道我们缺食物缺补给，说："你们一定很饿吧？我们请你们吃午饭。"

墨西哥牛肉、西班牙土豆、中国的大米、美国的可乐……很快就被摆到了我们面前。实话实说，除了在新知岛上那点儿海胆点心，我们确实很久没有开荤了，一直清汤寡水罐头素着。摆在我们面前的，俨然盛宴，但是，这会儿也不太好意思吃。

船长似乎是看出了我们的顾虑，频频示意我们放心吃，说很佩服我们，帆船能开到这儿来太不容易了，而且还即将要穿过海况恶劣的白令海。

水饱饭足，船长还带着我们参观了他们的船。他们的设备比我们全很多。在船长室，他指着自己的AS探测器，告诉我们进了白令海之后，应该怎么走，还有很多航行建议。最重要的是，他还给了我们一份气象传真，显示未来两周内，白令海的天气会变得很糟糕，让我们要抓紧时间过白令海，这是一年之中唯一能过白令海的季节。

临行前，慷慨的船长还给我们送了一份礼物，他从储藏室里给我们装了一袋吃的。有他自己做的烟熏三文鱼，还有牛肉干和一些罐头。

外面的风小了，我们和货轮挥手作别。又是一次大丰收，回到“北京”号上，留守的曾乔、魏凯和小宇，三下五除二就把我们带回来的食物给瓜分了。

“好久没开荤了，这下算是勾起我的馋虫了。”小宇放下罐头，咽着口水说，“哥几个，你们昨天看见岛上那些鸟了吧？”

老陈闻声从厨房探出头：“罐头都快吃腻了，咱们现在只有这个了。”他挥了挥手上的菜刀。

“你知道那是什么鸟吗？就敢打鸟的心思。那是信天翁。”我接茬。曾经有一位老船长跟我说过，在海上航行，千万不要伤害海鸟，尤其是信天翁。每一个信天翁，都是一个水手的灵魂，还有那些死在海里的人的灵魂。如果你伤害了它们，它们就不会再在海上保护你。

虽然有些传说的色彩，但是我笃信不疑。大海就是如此地多姿多彩，它包含了波澜壮阔和风平浪静的美，也包含了无数的传说和敬畏。

“海豹也行。”小宇指着不远处海里露头的小动物说。

“去岸上找吧。”阿图岛已经给了我们太多的惊喜和馈赠，相信我们还能找到更多的礼物。

开着“MINI”越野，我们环岛觅食，颇有打猎的感觉。离开济州岛之后，酷爱车的我就没摸过方向盘。这会儿在岛上，我找到了熟悉的感觉，开始信马由缰，仿佛回到了在陆地上狂奔的岁月。

一条小河挡住了“MINI”继续飞奔的脚步。“鱼！鱼！那儿有条鱼搁浅了。”梁红站起来喊。我刹上车，提着个篮子就冲上去扣住了。再一回头，发现浅浅的小河里，密密麻麻的全是这种鲑鱼——国内管它叫大马哈鱼。

“有口福了！”我说着，回到车上往回开，去船上拿渔网、抄子，然后全船总动员，招呼剩下的人，“都跟我抓鱼去。”

成千上万的大马哈鱼洄游，河水很浅，鱼儿们更像是在河里面爬，而不是游。我们在河的下游支起来渔网，搬几块石头压住，然后从上游把鱼往下游驱赶，很快，惊慌乱窜的鱼就纷纷自投罗网。

人人争当捕鱼小能手，用网兜捞的、下手逮的、拿石头砸的……我们这伙人什么招都使出来了。一百多斤鱼被我们从水里逮到了地上，看着满地的战利品，那感觉别提多美了，扭屁股的扭屁股，吼嗓子的吼嗓子。有玩有乐有收获，这绝对是出航以来，我们最高兴的一天。

回到船上，晚上全鱼宴。炖鱼、煎鱼、烤鱼、炸鱼……还有在国内很难吃到的大马哈鱼子。一个多月没开荤的一群人，这会儿都抢上了，虽然鱼多得我们根本就吃不完。“咱们这算过年了吧？”

饱餐一顿之后酣睡，一个多月的疲劳、担心，让神奇的阿图岛在一天之内，就给我们全部驱除了。

虽然这里是一片幸运地，但不是我们的终点。离开的时候我们十分不舍，洗好了“MINI”给还了回去，而“寻宝”时弄乱的地方，也全部归置回原位。最后，还把我们撬开的门重新给封上了。

意犹未尽地看上一眼，“北京”号开动了。一群海鸟在我们头上盘旋而过，一坨稀热的鸟粪，准确地掉在了魏凯的脖子上。这是阿图岛送给我们这群“非法入侵者”，最后的“礼物”。

阿图岛本来也是一座“恶魔岛”。

1943 年，“二战”太平洋战场，美军和日军在阿图岛展开激烈的争夺。日军组织了大规模的自杀式进攻，2300 人的敢死队，最后只有 28 人幸存。美军方面，有 500 多人阵亡，1000 多人负伤。当年的阿图岛，在彻骨的寒冷和漫天的大雾里，黑色的土地上，到处是身体的残肢，无头的破碎尸体散落遍地……

这是我们离开阿图岛后才了解到的。从亡魂的数字来看，阿图岛甚至比新知岛的戾气还重，但是，它呈现给我们的，却不是后者那样的种种诡异，而是重重收获与馈赠。

我们希望，有生之年能有机会再回到这里，重温阿图岛之旅。当然我们也清楚地知道，阿图岛给我们带来的快乐，不可能再复制。

地图上，应该给这座岛画上个红叉叉：宝藏标记。

跨在换日线上

出了阿图岛，我们正式进入白令海。“北京”号像跨过了两个世界的分界线一样，差异非常明显。白令海的风浪，比此前太平洋的风浪，更加飘忽并且猛烈。毫无定向，一刻不停。此前一直平静似镜的海面，先是泛起涟漪，接着开始浪花飞溅。

相依、相伴、相执、相行。

梁红站在船头，我在船尾。换日线就在我们的中间，她在昨天，我在今天。梁红苦笑：“我再也不想过一遍昨天了，甚至也不想去明天了。”

昨天的事情，我现在想起，也心有余悸。

进入白令海海域五天了，“北京”号一刻也没有平稳过，一直在风浪中摇曳。梁红和魏凯再次陷入了晕船状态，症状比刚出长江口那会儿更加严重，上吐下泻，眩晕恶心。梁红在晕船的时候一直在说，真希望海是平的。其实，我们每个人都在晕船，只是轻重度不同。魏凯已经完全没法站立了，都是趴着行动。梁红更严重，这几天根本就没法起床。

北纬40度，这么高纬度的航线，此前很少有民间帆船闯入过。

“船长，我申请下船。”

满船人还沉浸在阿图岛丰收的喜悦里，曾乔走到我面前，给我兜头泼了一盆冷水。

在出航之前，圈定航线的时候，白令海有多危险，我就已经告诉过大家。当时大家的情绪还在高点，纷纷表示，风雨中这点疼算什么，让暴风雨来得更猛烈些吧。甚至每个人都在我面前签下了生死状，留下了遗书。

当我们真正走到白令海时，终于还是有人退缩了。当然，按照曾乔的性格，也许不是退缩，而是他的神经又转

幸福并不壮观，但通往幸福的道路是！

到了“右”频道。

曾乔给我的理由，是梁红。“我们出航已经几个月了，梁红和魏凯一直处于晕船状态，实际上咱们只有4个可机动人员。更准确地说，只有3个，因为俩病号时刻还需要人去照顾。”

他的话，我能理解成是大家对梁红的关心，她的晕船，让大家担心她熬不过这一段路。另外一面，也是梁红现在成了船上的累赘，负能量。

“北京”号不大。我们的对话，所有人都能听见。梁红的脸色很难看，闭着眼睛，咬着嘴唇，晕船的难受和煎熬，让她看上去非常憔悴。其他人都默默地低着头，绞着手指头。

离开阿图岛之后，在将近五天时间里，风浪都比较大。在船上，我们四个还能坚持的人分成两拨，曾乔和老陈值白班，我和小宇值夜班。值班期间，主要负责两件事：第一是看海图，控制好航向。第二是做饭，要保证俩病号准时吃饭，不吃就强喂。他们早已吐得腹内空空，不保证补给，真的随时有猝死的危险。

昨天上午，曾乔正坐着发呆，老陈在甲板上躺着看小说，不知道是醒着还是睡了。突然，一直躺在内舱的梁红，跌跌撞撞地就跑上了甲板，扶着船舷，对着海里干呕。曾乔过去扶着梁红坐下，赶忙给她鼓捣了点儿吃的，劝她吃点儿东西。

但梁红只是摆手，紧闭着嘴唇。曾乔后来说："我不是生她的气，可她说啥也不吃，劝了半天，我实在烦了就想：要是不吃，饿死算了。"

梁红紧紧地攥着自己的手，眼神突然就有些飘忽了，整个人开始摇晃。曾乔感觉不对，过去碰了一下她，梁红没有反应，突然就栽倒了，"砰"的一声，头直接砸在甲板上。

曾乔有点儿慌神了，试图掰开梁红的手，掰不开。在一边看小说的老陈也发现事情不对，赶紧叫了正往甲板上蠕动的魏凯来帮忙，自己去拿了一些很浓的糖水，想给梁红灌下去。

梁红的嘴已经张不开了，整个人意识全无，进入了半休克状态。

当时我俩值夜班的还在内舱睡觉，被魏凯支支吾吾地叫醒："梁红……出事儿了……"

在船上我睡得不沉，似乎感觉到了梁红出了事似的，赶紧爬上来。一看到梁红当时的样子，心里就慌了。"拿医疗箱！给她输液、吸氧！"

一帮人手忙脚乱地折腾了半个小时，梁红终于睁开了眼睛。我把她的头搂到怀里，爱怜地说："怎么一点儿都不坚持啊丫头，坚持，海是平的，我们就快到阿拉斯加了。"

她挤出一丝苦笑，又无力地摇了摇头，闭上了眼睛。

我当时就急了，带着怒气质问值白班的曾乔和老陈："你们给她吃东西了吗？”

两人当时一愣，没回答。“他妈的我说什么了？要保证病号按点儿吃饭，没补充只消耗是要死人的！”

“糖……”梁红微微抬了抬头说，“我吃东西了。”

“从昨晚上吐完到现在，就只吃了几颗糖？”我是既心疼又气急，梁红这种深度晕船的痛苦，我是无法想象的，但是我知道她是一个特别坚强的女人，一些小病小痛，她都不会吱声，抬头还会给所有人一个坚强的笑脸。

心急之下，我有点儿口不择言：“她不吃你们不会想想办法，让她一定要吃下去啊？大老爷们儿不会看事儿做事儿啊？”

两人被我吼得有点儿蒙。曾乔可能有些委屈，咬了咬嘴唇说：“船长，我申请下船。”

这话一出，我也愣了。生气归生气，但我知道在这种困难的情况下，船上缺不了人。而且，一路颠簸过来，大家都是靠着意志力在坚持，前方是白令海最危险的阶段，可能咬咬牙我们就过去了，但是这会儿有人开了离开的口，其他人军心难免动摇。

“接下来会更危险，梁红又一直这样。如果梁红还是这种状态，后面这段路，我不敢走了。弄成现在这种样子，我们到底还有没有必要继续下去，为什么要让人这么痛苦。”

我瞬间有点儿无言以对。怀里的梁红努力坐了起来，看了看我，又看了看大家，挤出一丝笑容，遮住脸上的难受，说："对不起，因为我晕船拖累了大家，让大家担心了。"

她略微停顿了一下，攥紧了我的手，说："不过放心，我会坚持下去。走了这么远，好不容易到了这儿，我们不能放弃。"

船上又安静了下来，就剩下梁红倔强地笑着，看着大家。

曾乔低着头走向了舵台。风暴之后的"北京"号，没有偏离航向，往白令海深处继续前进。

小宇走过来，说："梁姐，你下去休息会儿吧。"话音刚落，一个浪头拍了过来，我顺手又把梁红塞回了怀里。站着的小宇，一下子被掀翻在地，接着"梆"的一声，他的头撞到了舷上。一条血流，从他的额头上流了下来。

"捷达掌好舵，老陈帮下忙。其他人下舱。"

小宇摸了摸脑袋，说："没什么大事儿，就擦破了一块皮。"

把魏凯和梁红安顿着躺下，我过来料理小宇的伤。头上有一块儿被撞开了，有头发，没法止血。"小宇，今儿老衲就给你剃度了啊！"

他摸了摸头发，似乎有点儿舍不得，但是看见手上沾染的血，还是下定了决心："方丈，剃吧。"

就这么过了一夜。或许是昨天的事情带来了一些精神力量，也或许是因为今天的白令海略显温柔，风浪没那么急，梁红能站起来了。

她在船头，我在船尾，“北京”号横亘在换日线上。她在 2013 年 8 月 17 号，我在 2013 年的 8 月 18 号。她在昨天，我在今天。

梁红爽朗一笑：“我再也不想待在昨天了，吐得太难受了。老张咱换换，你去昨天，我还是回到今天吧。”

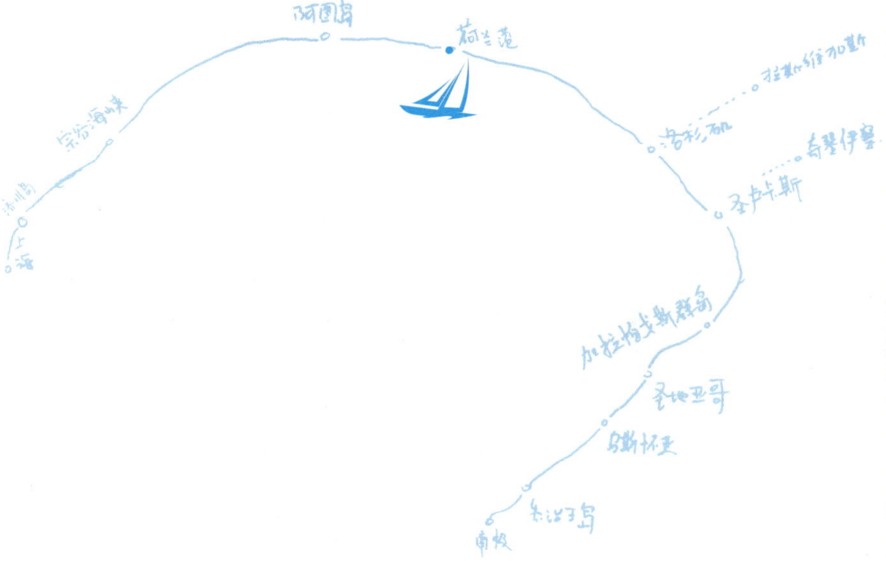

第三章 PART 3 水的模样

海的禁令

得意的一天

爱情里的水手

恶海捕蟹记

缤纷阿拉斯加

寻找爱斯基摩人

海的禁令

有人坠海，不准下去救援！

这是“北京”号的“十戒”之一。不是我们要抛下伙伴，不近人情，而是在波涛汹涌、能够吞噬一切的白令海上，有人坠海，是不可能救得上来的。下去救，不过是再搭进去一条命而已。我们能做的，就是采取“刻舟求剑”的方式，一个人的手指紧紧地跟着落水者，船长调整船的方向，其他人从 100 开始倒数。能够游回来算命大，游不回来，谁都无能为力。

之前我们做了一个测试，将一只油桶扔进了海里。计时器仅仅走到 30 秒的时候，鲜艳的红色油桶已经用肉眼看不见了，即使借助于高倍望远镜，也看不到一丝红色。

在汪洋大海里，一个人，一艘船，实在太渺小。

船上还有一些其他戒律，都是出发之前我们多方权衡后定下的。

禁酒。在电影里，有水手的地方就一定有朗姆酒。但是在现实里，船员必须禁酒。人手有限，经不住一个人的宿醉；空间有限，一个趔趄就可能跌落大海；意志有限，经不住更多的酒精诱惑。

幸好不用禁烟。我运了 100 条烟上船，虽然烟民只有我

”啊！大海！“

和老陈，可实在无聊的时候，他们三个男的，也会找我切几根，叼着打发时间。

随着航行越走越远，我们最大的敌人，已经不是风浪，而是无聊。

从起航时候的兴致勃勃，到热情渐渐消散，接下来是索然无味，到现在，全是在咬牙坚持。

航行初期，聊天是打发时间的最好办法。很快，每个人都把自己从三岁穿开裆裤，到上个月股票小挣了几千块的琐碎事儿，全讲了一遍。接下来，开始讲祖上的事儿。从曾子到魏徵，从陈胜到苏轼，一船人开始“拼爹”，比谁的祖宗更牛逼。到最后觉得没意思了，又没聊的了，就把三岁到三十岁的事儿再讲一遍。

进入阿留申群岛时，魏凯已经第八次讲他的初恋了。而每个人的家谱和人生履历，被淘得毫无槽点之后，大伙儿都感觉张嘴说话都多余了。你什么事儿我都门儿清，仿佛一眼就能看到对方出生时候的样子。

有时候大伙儿也唱歌，虽然全船人都没什么音乐天赋，全是五音不全的“残疾人”，但在海上随便怎么唱，绝对不会扰民。最开始唱流行歌，接下来唱《大海航行靠舵手》《众人划桨开大船》《水手》……过了济州岛，就开始唱红歌了。而一上白令海，《敢问路在何方》则成了首选曲目。

机房的硬盘里，拷了近百部电影。出海两个月的时候，每部电影都被看了不下三次。实在看不下去了，百无聊赖之下，不看了，电影依然开着，听。

老陈上船前，在 iTouch 里下了几十部小说，最后这成了他们打发时间的唯一工具。现在老陈每天做的事儿，就是值班的时候躺在甲板上看小说，轮休的时候躺内舱看小说。每天几乎就一句话："真他妈无聊。"然后，把小说从头再看一遍。

白令海的不安静，让我们的无聊减弱了许多，每个人都得忙起来。相比我们在船上的手忙脚乱，留在北京的烟斗，这会儿更是心急如焚。

中国以前没有民间船只走这条线路，所以可供参考的海事资料非常少。烟斗去找了相关机构的海洋研究所，一些老博士听烟斗说咱是开着帆船过白令海的时候，都不约而同地说了六个字：你们这是找死。

这些话烟斗当时没有告诉我。他锲而不舍地搜集资料，找一些民间玩儿帆船的老手讨教。最后，烟斗用俩三角尺，在一张白纸上画出了我们的海事图。再根据近几年同期同位置的气象情况，推算"北京"号每一步要走的航向。

风雨交加，"北京"号像是走钢丝一样，颤颤巍巍地在白令海上前行着。左右不远的地方，都有风暴团。烟斗的导

风浪，你来得猛烈些！

司空见惯，是无聊的开始。

航一步出错，我们就可能被卷进去。

在白令海的最深处，我萌发了一个想法：我要去海里拍摄“北京”号。一路走来，摄像机只能在船上记录我们，我们却无法去拍摄一张“北京”号劈波斩浪的勇猛照片。

我这个想法几乎遭到了所有人的反对，这太危险了。为了拍一张照，可能丢一条命，不值。他们越是拦着，我下去拍摄的兴趣就越强烈。拗不过，放下小艇，曾乔陪我下了船。他负责开小艇，我来拍。

这确实是件难度系数很高的活儿，风云变幻的大洋上，小艇就是一片羽毛，随波逐流，完全不受控制。搞不好一个浪头拍过来，我俩就直接给摁进海里去了。性命攸关，只能匆匆拍下几个镜头，就赶紧回到稍大点儿的那片“羽毛”上。

在海里看“北京”号，我更觉得它是一个勇士，坚强无比，带着我们和这能量无限的大海对抗。

得意的一天

雾散云开。惊涛骇浪被甩在了身后，当安静的荷兰港出现在视野里时，每个人都有逃出生天的感觉。每个人的身体都已经极度疲惫，没有雀跃，只有不约而同的苦笑。

美国海岸警卫队在港口等待着我们。没有日本海上保安厅在对马岛时候的那种严阵以待，他们认真地查看了我们的相关证件之后，就非常友好地说：“Welcome to America。”

我们略有歉意，向海岸警卫队坦白了我们在阿图岛干的事儿。一位队长一笑，说那些物资之所以还留在岛上，就是为给那些急需要帮助的人们提供不时之需。如果下次我们开飞机去，他可以告诉我哪儿能找到航空油。

当我问到，为什么我们在阿图岛上找到了水、油和一些物资，却怎么也没找到食物的时候，警卫队队长说，他们原来留有好几吨的罐头和其他食物，但是撤离的时候，把所有的食物都就地掩埋了。怕的是食物储放时间过长，就会变质腐坏，人吃了会出问题。

美国人的笑容让人很轻松，他们的这些举措，让“美帝”在我们这群人心里的形象一下子高人了许多。咱们的老战友苏联人，确实相形见绌。

美丽的荷兰港扫去了身上些许的疲惫。作为阿拉斯加半岛东岸的卫星岛屿，这里是美军在太平洋上重要的海、空军基地。但是这儿却一点儿也看不出戒备森严的样子，没有高墙大院、没有铁丝网、没有巨型炮台。俨然一处世外桃源，一切安静而有序。

记得看过一个纪录片，叫《恶海捕蟹记》，讲的就是人们从荷兰港出发，去白令海捕螃蟹的事儿。全世界 80% 的帝王蟹，都出自荷兰港。美国最大的渔港，不在富饶繁华的东西海岸，而在阿拉斯加的这一隅。

一夜休整，第二天一早我们都换了一身休闲装，以一群旅行者的姿态，踏上了荷兰港的土地。这座只有 1000 人口的小港口，宁静安详，开怀迎接着所有来客。有美国人的壁瓦小筑、有欧式阁楼，其间还间杂着几座绿色的清真屋顶。

山丘延绵，碧水蜿蜒。海鸟三五结伴，或伫立遥望，或振翅翱翔。对于身心疲惫的人，荷兰港是一剂疗愈心神的良药。

在前往另一端码头的途中，成山的蟹笼堆在路边，让人兴奋。脑海里立刻出现了一幅画面：前方满山遍野，长满了金黄色的螃蟹。事实让人有些失望，码头上没有想象中的汽笛呜咽，烟囱林立，热火朝天的人来人往。只有几艘蟹船，安静地停在那儿，几个人蹲在甲板上，修补着渔网。

我们来的季节不对，帝王蟹捕捞季，是从十月中旬开始的。

似乎为了弥补我们的失落，几只很 Q 的小海獭，从我们近前的水里探出了头。黝黑的眼珠子看着我们，一脸好奇。而后，就在水里开心地翻腾、追逐。其中有一只海獭，似乎是为了吸引我们的注意，脱离了集体。它四脚朝天，用尾巴仰泳。小海獭看到我们都在看它，竟然咧嘴一笑，跟我们打起了招呼。

这可爱的小动物，真有让人开怀的魔力。它们的出现，让我们把与世隔绝几个月的积郁都一扫而光。梁红早就抵抗不住了，大呼小叫着要下水去拥抱海獭们。

“快看，这是什么？”就在我们脚下，竟然满地海虹。捡起一个，剥开皮，新鲜的海味儿一下子就勾起了人的食欲。“赶紧拿篓子过来，今晚能加餐了。”

六个人埋头在滩边捡着海虹，边捡边吃。没一会儿，更多的惊喜接踵而至，巨大的海星、海螺、寄居蟹、海胆都出现在了我们的面前，然后相继被我们装进篓子里。浅水处，还有很多鱼儿在畅快地游着。

我们仅仅在海滩上前行了 20 米，就已经收获了满满的一筐海鲜。虽然现在不是捕捞帝王蟹的季节，但是刚才的这些收获，让我觉得说不定能够逮到几只帝王蟹。

我们没有捕捞证，是不能开着船下网子去捞的，只能去钓螃蟹。帝王蟹最爱吃的，就是鲑鱼子。所以我们首先要做的，就是去抓几只母鲑鱼。

一条浅浅的小河里，数不清的鲑鱼在撒欢。“这儿太神奇了，想什么有什么。”梁红拿着钓竿，我则直接操了支鱼叉。

“扑通”一声，咱们还没钓到鱼，梁红就先被鱼给钓到了河里。她脚下一滑，栽了进去，马上变成了落汤鸡，俩膝盖

那些，我们追过的河流。

都磕肿了。“得，反正都下来了，咱也不用钓了，直接用手抓。”

没有带网子过来，徒手抓鱼还真有点儿困难。但此时，其实抓鱼都已经是次要的了，一伙成年人这会儿在水里玩儿得那叫一个开心。当我好不容易叉到一条雌鱼，正乐和的时候，警察来了。

突然见到美国警察，我们瞬间有点儿紧张，像是偷猎被逮着了似的。这警察是个年轻的小伙子，戴着墨镜，一身警服穿在他身上特别帅。全身全副武装，警棍、枪、手铐，让人有点儿发怵。

这小伙子倒不严厉，上来先说这块区域是不准捕鱼的，然后非常客气地跟我们要身份证。他认真地一一和本人核对证件上的照片，我们心里则在忐忑地猜测着，一会儿他要怎么处理我们，是直接驱逐出境，还是罚款。

不料他把证件还给我们之后，竟然耐心地给我们讲解起来，说这条河到下面那个湖之间的区域，是不准捕捞、垂钓的，因为这些鱼儿们要在这里产卵。

“老美太人性化了。”我在心里暗暗赞叹。

“你们有钓鱼执照吗？”突然小伙子问了这么一句。

“钓鱼还需要执照？”我有点儿愣，摇了摇头。

“如果没有钓鱼执照，你们刚才的行为，会被处以很高额度的一笔罚款。”

“……How much？”我灰溜溜地问道。

小伙子一摆手：“不过我今天不会罚你们的款，因为你们是外国人，有语言障碍。此外，这儿没有竖‘禁止钓鱼’的警告牌，也是我们政府工作的失误。所以责任不全在你们。”

美国人的开明，再次让我折服。

爱情里的水手

一艘新来的船，停在了“北京”号的旁边。

我们很好奇，是经过了怎样的折腾，这艘船才会如此伤痕累累。船上走下来一个身材魁梧的男人，披着黄色的长发，两条手臂上布满了文身；他左手拎着罐啤酒，右手夹着根烟，很是粗犷。

他也看见了我们，径直走过来，笑着跟我们打招呼。他名叫 Mark，是旁边这艘捕鱼船上的水手。当他得知，我们是开着帆船，从上海经过了日本、韩国、俄罗斯和白令海到达这儿的时候，他笑着指了指自己的脑袋，说：“你们真是疯了，不过我佩服你们。”

我对 Mark 的工作很感兴趣，问他在白令海上捕鱼危险吗，Mark 掏出手机，给我们播放了一段视频，是今年二月份，

看得远，需要爬得高。

他们的船在白令海上陷入风团的情形。那完全就是美国大片儿里面的场景，“北京”号虽然也一路风雨相伴，但是真没遇到过 Mark 他们那么大的阵仗。

关于危险，Mark 说自己已经在白令海上捕了 25 年鱼了，他从 18 岁开始就做这份工作。这些年里，他在海上摔断过后背、肩膀，两只手腕断过三次，脚腕更是不知道折过多少次了。总之他全身都是伤疤，但是 Mark 却似乎并不在意。他从容的笑容，仿佛在说，伤疤就是一个水手勇敢的标志。

他一一向我们展示伤口，我和梁红都看得有些于心不忍。Mark 却爽朗地笑着说：“保险公司赔给我的，比我的工资高多了。”逗得所有人大笑。

我想去看看他的捕鱼船，刚开口，Mark 就大手一挥：“Let's go！”

这艘捕鱼船，也像 Mark 一样，到处显露着粗犷的痕迹。巨大的吊臂，棱角分明的货箱，成堆的渔网，还有很多笨重的工具，都堆放在甲板上。

Mark 介绍说，这艘船上只有四个人，船长、工程师和两个水手。而一般像这个规模的捕鱼船，船上至少都是六到八个人的编制。Mark 说，他们之所以四个人就能搞定这艘船，秘密都在船长室里。

船长室里，大小航海仪器一应俱全，还比“北京”号多了声呐、水下监视器，而且还装了四个 GPS。

在参观船上卧室的时候，我们看到工程师的床头贴着妻子和孩子的照片。我们问 Mark："你们常年在海上捕鱼，会想念家人么？"

Mark 哈哈一笑，说："我的手机一直开着网络，我要保证时刻都能联系上我的女朋友。"说到女朋友，Mark 瞬时就变得神采飞扬，跟我们各种形容她，讲了许多他们之间的事情。最后，Mark 说："在船上使用网络，我们每个人每天都要缴纳 10 美金。不过无所谓了，只要能联系上我女朋友，一天 20 美金也没问题。"

"那你女朋友会担心你的安全吗？"

"当然会。我女朋友就像我的妻子一样，一直都很担心我。所以无论出多少钱，我都要保证能时刻陪她聊天，给她报平安。"

外表粗犷的 Mark 眼里，这会儿满满全是柔情。

一个电话过后，Mark 抱歉地对我们说，今天只能带我们参观到这儿了，他要开船出港，去工作了。

握手，告别。Mark 送给了我们他的祝福，希望我们能够顺利到达南极。

"北京"号全体船员，站在码头上挥别这位水手。祝他一路顺风。

■ 逐浪。

恶海捕蟹记

Mark 的船刚走没多久，另外一艘船就驶了进来。船身的字符让我眼前一亮：NORTHWESTERN。“西北”号。

“西北”号，就是我前面提到的纪录片《恶海捕蟹记》里，最好的捕蟹船，也是全世界捕捞螃蟹数量最多的船只，毫无疑问，也是我最喜欢的船。“西北”号的船长希格，也是我的偶像之一。

有点儿梦想照进现实的感觉。我最梦寐以求的船就停在不远处，没准我的偶像希格船长，此刻也身处那里。我兴奋得像个小孩子一样，这艘船五年前第一次出现在我的眼前，我就已经深深地爱上它了。

我像个小男孩第一次见自己喜欢的明星一样，心情激动地去登船拜访。

一个须发皆白的老者接待了我们。他告诉我们希格船长不在，现在是另外一个船长。这位老者是“西北”号现在的主人，蒂纳船长。这艘船在夏天捕鱼季的时候，蒂纳船长就掌管这艘船出海捕鱼。在冬季的时候，到了捕蟹的季节，就是希格船长掌舵的时候了。

没能见到希格船长，心里略有些失落，但无论如何，我还是踏上了梦想中的“西北”号。满满一甲板，全是各种渔网和蟹笼，地上也杂乱丢弃着一些工具。不算整洁，但是接地气儿，到处都是跟大海搏斗过的痕迹。

蒂纳船长人很随和，他有些事儿要忙，但允许我们自由参观“西北”号。

流窜在“西北”号的各个部位，各种熟悉的器械和细节，我像钻进了纪录片里。坐在希格船长的位子上，在脑海里幻想我们此刻正身处白令海深处，捕捞帝王蟹的样子：

风高浪急，“西北”号在海上剧烈地摇晃着。一个水手把蟹饵扔进蟹笼里，另外一个水手和他合力，把蟹笼扔进海里。二十几个 360 公斤的蟹笼沉到海底，放一天一夜左右。在深深的海底，无数帝王蟹被蟹饵吸引，慢慢地爬进笼子里。第二天，锚钩和轮盘把蟹笼一一拉回船上。大丰收的一天，每个蟹笼里都装满了帝王蟹。

我们来得不是时候，没赶上捕捞帝王蟹的季节，我就只能这样，在“西北”号上，在脑海里，模拟了一把现场，过了一把干瘾。

蒂纳船长告诉我们，岛上有个帝王蟹展览馆，我们可以去那儿看看。好吧，好歹能看到帝王蟹，也算一偿夙愿。

不大的一个房间，墙上挂着各种各样的帝王蟹标本。全球帝王蟹的品种有 100 多种，这儿展览了 14 个品种。值得一提的是，帝王蟹里最好的 3 个品种，全出自荷兰港。这些帝王蟹都非常地大，差不多顶两个我的脑袋。有红色的、棕色的、蓝色的。

令人意外的是，在琳琅满目的螃蟹标本中，我们发现了一只比目鱼标本。重达 459 磅，是 1996 年被人钓起来的。这一下子勾起了我想钓一条鱼的想法，逮不到帝王蟹，钓一条大鱼总可以吧？

前车之鉴，钓鱼咱们得先办执照。这儿办事的效率很高，20 分钟之后，我就拿到了联邦政府颁发的钓鱼执照——有效期 24 小时。

前人经验，月黑风高夜，垂钓大鱼时。凌晨两点，我们把“北京”号开出了码头，进入深海区域。风向、对流都差不多，上饵，抛钩。我不奢望钓上来条几百斤的，别让我折腾一番白忙活就行。这代价太大了，一出海，梁红和魏凯又晕开了。

浮标始终一动不动，大伙儿的热情，在被一点点地消磨。到天亮时分，所有人都趴下了。收竿，鱼饵没了，也没鱼。真就白忙活一场。

“北京”号回到码头，一艘捕蟹船进港了！刚才还昏昏欲睡的我，一下子又精神了起来。匆匆跑过去，水手得知我们的来意，见面就给了我们一份大礼。他拎出来一个大铁桶，一只刚煮好的帝王蟹就卧在里面。

这么一只帝王蟹，去饭店吃得好几千人民币，但这位素不相识的水手，见面就送了一只。在帝王蟹的老家吃到帝王蟹，美味又多了几分。捕捞帝王蟹的心思，又死灰复燃了。我跟水手讨教捕蟹的技术，他给我介绍了岛上的一个人，说在这个季节，只有他一个人在小规模捕蟹。

在码头的另一端，我们找到了“艾丽莎”号，见到了吉姆船长。

“艾丽莎”号比“北京”号还要小，准确来说它应该是一艘小艇。吉姆船长是个精瘦的老头儿，对我们很热情。得知我们的来意后，他告诉我们，他今天在20海里之外下了一个蟹笼，明天早上可以带我们去起蟹笼，但是里面有没有帝王蟹，他就不知道了。

这足以让我喜出望外，在错误的季节，能让我一偿捕捞帝王蟹的夙愿。

一大早吉姆船长就在等候我们。出海，他开得特别慢。吉姆船长说，他做这一行已经30多年了，什么大风大浪都见过，现在对于他而言，安全第一。

蟹笼的浮标就在不远处，吉姆船长授意我说，他就只管指挥，剩下的全交给我来搞定。扔锚钩，上绞盘，蟹笼在一点一点地往上升。本以为是一件轻松的事儿，拉了一半我就感觉有点儿体力不支了。咬牙坚持着，对于即将浮出水面的

蟹笼，充满了期待。

吉姆说，他估计里面会有15到20只帝王蟹。当蟹笼钻出水面的时候，我们几个人都愣了。偌大的蟹笼里，有一条大章鱼，一只本地产小螃蟹，以及一副帝王蟹的残骸。

章鱼是帝王蟹的天敌，毫无疑问，是章鱼吃了那只帝王蟹。也正因为它的存在，没有更多的螃蟹敢进笼子吃蟹饵了。

“可恨的章鱼，天生一副红烧样儿，看我怎么收拾你。”我愤愤地说。

吉姆船长决定换一个地方再下一个蟹笼，下午再来取。这段空隙，吉姆邀请我们去他的家里参观。

船长的房子，依海而建，绝对的海景房。他的两个女儿，一只叫Star的小狗，出来迎接我们。吉姆带我们去看了他的收藏，有非常珍稀的珊瑚，还有一个巨大的海葵，差不多是常见海葵的10个那么大。

吉姆做了一个帝王蟹幼崽的标本，放在一个陈列柜里。柜子里还有很多潜水纪念品。吉姆说：“这些全是大海留给我的记忆。”

他的女儿在边上说，她长大了想做一个海洋生物学家。吉姆船长一家，看来和大海是分割不开了，这将是一个海洋世家。

我们能待在荷兰港的时间不多了，才过去两个小时，我们就决定去取上午扔下去的蟹笼。下饵时间有限，我并没有太多期待，只要不放空就行。

两只小小的帝王蟹，随着蟹笼浮出海面。没放空，小了点儿，但是够咱吃一顿的了。不料船长吉姆摆手，说不行，这两只小帝王蟹是雌蟹，我们应该把它们放回大海。我们只能从命。

缤纷阿拉斯加

“北京”号能挺过白令海，真的很不容易。安静地停靠在荷兰港的它，已经伤痕累累。

在荷兰港的这几天，除了游玩、休息，我们的另外一个重要任务，就是修船、补帆。

很多修船的配件，在人烟稀少的荷兰港是没法买到的。我们只能坐飞机去阿拉斯加的另外一个城市安克雷奇采购。老陈、小宇、曾乔、魏凯留在码头缝补风帆。

阿拉斯加这片远离美国本土的广袤土地，颇具传奇色彩。1867 年，美国政府仅仅花了 720 万美元，就从俄罗斯人手里买下了这片土地。一百多年来，荒野和黄金，成了阿拉斯加的标志。

到达安克雷奇之后，我发现在这片荒野上，地广人稀到了令人发指的地步。很多建筑之间相距好几公里。

没有车，我们寸步难行。

拿驾照去租车，结果被告知我们没有驾驶员保险，不能开车。如果想买驾驶员保险，就必须要有阿拉斯加的固定居住地址——我们没有。我们在租车公司，进了一个死结——能租到车，但是不能开车。奇怪的阿拉斯加法律。

小雨中，一位大姐开着辆MINI正要停车。我们决定硬着头皮去试一试，没想到大姐非常热情，愿意用自己的车载着我们去逛逛。

美国大姐叫凯罗琳，说现在没什么事儿，愿意当我们的免费导游。在车上闲聊，凯罗琳说，在2008北京奥运会之前，她去过一次北京，待了三天。他们参观了所有的奥运场馆，鸟巢和水立方给她留下了深刻的印象，真是漂亮极了。还有北京烤鸭，也是让人回忆的美味。

外面的雨越下越大，凯罗琳说要先回一趟她的家，给我们拿两件雨衣。我和梁红给感动得一塌糊涂。准确地说，从阿图岛开始，美国人给我们留下的，全是感动。

大姐居然还专门为我准备了两件雨衣，让我试试哪个合身。面对凯罗琳这样的热情，我有点儿无言以对。神奇的阿拉斯加，神奇的安克雷奇。

汽车行驶在路上，马路的两边居然不时出现一些野生动物。特别是很多麋鹿，悠闲地在马路上闲逛，还不时吃几片行道树的叶子。凯罗琳说，麋鹿是安克雷奇的另外一批居民。它们也确实把自己当成了主人公，随处都可以溜达，没事还钻进别人的后院喝点水，逗逗孩子什么的。有些人就干脆收养了麋鹿，当作宠物养着。因此麋鹿们完全不惧怕人类，包括人类的汽车。友好的安克雷奇人，在开车的时候，也都会有意避让走上马路的麋鹿们。但是就算这样，这里每年还是会发生很多起汽车和麋鹿相撞的交通事故。每年因此而丧生的，有数十人。

凯罗琳就像一个健谈的北京老太太，带着我们边逛边聊，她说带我们去赶集。来得早不如来得巧，今天是安克雷奇的节日，会举行一年一度的游乐集会，在集会上我们会看到很多的新鲜玩意儿，吃到各种美食，还有一些有趣的活动。我一直认为，了解一个城市的性格，就必须去它的集市。

细雨中，几个志愿者在向每一个来人分发黄色的遮雨帽。我一直觉得空旷的安克雷奇，这会儿显露出了它喧闹的一面。男人、女人、老人、小孩，都集中到了这里。

我有点儿像在北京参加庙会的感觉。孩子们在游乐场里玩着，大人们在四处逛着，数不清的小摊小店，在兜售着自己的特色产品；还有卖小吃的推车，让种种香味，弥漫在人群里。

三明治、烤火鸡腿、薯条、香肠、可乐……我们兜兜转转，吃遍了半个美国的特色小吃。

几个庞然大物，让我们张大了嚼着鸡腿的嘴：那绝对不是南瓜，是外星物种。几只庞大的南瓜，超出了我的认知。每个南瓜上，都贴着一个小纸条，表明重量。随便一只，都有 900 多磅，什么概念？就是 5 个张昕宇这么重。

凯罗琳说，这些南瓜都是一个夏天长出来的。巨型南瓜，也是安克雷奇的特产，因为在安克雷奇的夏天，每天 24 小时都有阳光照射。

我们还在集市里见证了一场民间自发的慈善拍卖。人们拿出自己的东西，可以是一些物件儿，也可以是自家养的牛羊等家禽，现场公开拍卖。拍卖的钱就捐给本地那些患病的孩子们。

旋转木马大家都见过，在这儿我们见到了旋转真马——所有的构造、原理，都和游乐场的旋转木马一样，只是那些马，全是真的！

一位现场表演的艺术家，也让我大开眼界。世界各地的雕刻艺术家们，无一不是拿着刻刀精雕细琢，耗费很长时间，才完成一件艺术品。我眼前的这位大叔，手里操着一个嗡嗡作响的巨大电锯，围着一截木头，东凿西锯，不到五分钟，一只木雕熊就出现在眼前。他身后的架子上，摆着他的更多

差不多 5 个老张那么重。

作品在出售，狮象虎豹狼、牛羊猫狗兔，应有尽有，一个比一个栩栩如生。那些木雕动物的眼神，相当见功力，令人叹为观止。

最后，我们见证了一项已近失传的手艺：淘金。

一个老者，从随便一堆河沙里，挖出来两捧沙砾放到一只黑色的碗里，然后在一个水箱里不停地做 45 度倾斜。十几分钟之后，碗里就留下了一粒头皮屑大小的金沙。老者擦干净手，用手指头把金沙捏出来，放到一张卡片上。整个淘金过程就这样结束了。

在老者的指导下，我和梁红大概花了两倍的时间，也都各自成功地淘到一粒金沙。老人举起脖子上的一块奖牌，骄傲地说，他现在是全美淘金工人里的第一名。而后，他拿出一个粉笔头大小的瓶子，里面装了半瓶金沙，大约 1 盎司。老者说，这是他一个星期淘金的成果。

阿拉斯加多河流，曾经是淘金者的乐园。随着资源的衰竭，以及不成正比的付出和收入，现在淘金工这一职业，已经没有多少人在传承了。老者说，可能他自己这一辈，就是美国最后的淘金者了。

今儿绝对是大开眼界的一天，收获颇丰。凯罗琳带着心满意足的我和梁红，很快就买齐了修船的配件。

我们向凯罗琳提出了一个请求，带我们去看看阿拉斯加的冰川。阿拉斯加有三大奇观，除了荒原和金矿，还有万年不化的冰川。

凯罗琳爽快地答应了。她说，听了我们的故事，她很乐意帮助我们做任何事情。我们现在在做的事情，跟她丈夫经常说的一些话很像："梦想远大。这个世界上有很多人梦想远大，却不愿意去付诸实际行动。为了梦想出发，去努力，去冒险。你去做了，哪怕失败，但至少你尝试过了。只有这样，你才会成为你想要成为的人。当机会来临的时候，不要犹豫，一定要抓住机会，去实现自己的梦想。与你们共勉。"

听到这席话，我和梁红都有点热泪盈眶。凯罗琳说，梦想远大是安克雷奇这座城市的信条，这里的每一个人都胸怀大志，并且都愿意为之努力，不怕失败。祝福你们，能够顺利地到达南极。

我们驱车到码头，换乘游轮出海。比起我们的帆船，游轮相对平稳得多，梁红上去了依然有晕船的症状。看来她天生不是一个跟船处得来的人，如今却要跟着我航行十万八千里，去地球的另一端。

在游轮上，突然听见有人说中文。四个组团来阿拉斯加看冰川的中国姑娘。我们从上海出发两个多月了，这是第一回见到中国人，颇有千里他乡遇故知的感觉，高兴得不得了。

几个姑娘都比较羞涩，话语不多。梁红遇到祖国亲人，

背着去长城那都不算事儿！我要背你去南极订终身！

好像晕船的症状缓解了不少，特别 high 地给四个姑娘讲我们一路上航行的事情。这时一阵惊呼吸引了我们的注意力，前方有一座原始岛屿。阿拉斯加是全美仅存不多的没被开发的地区了。岛屿上古木参天，各种珍稀的飞禽在枝头休憩。近海处，许多憨态可掬的海豹，好奇地打量着我们。

“前方，我们就要到达 Surprise 冰川了。”船上的导游说。我们越来越期待这个惊喜。

渐行渐近，雾渐渐浓密，雨点也有点儿加大。看不见远处，只能隐隐约约见到冰川的轮廓，近处有一些海鸟，刺破雨帘，呼啸而过。船的周围，漂散着很多浮冰。

“哐哐”两声，我们的船差点儿成泰坦尼克号了，撞到了一块大浮冰。所幸这只是块浮冰，不是冰山。船边的海水里，漂浮着的浮冰越来越多，密密麻麻。我们乘坐的游轮，这会儿俨然一艘破冰船。

穿透迷雾，眼前豁然开朗。Surprise 像凭空出现一般，矗立在眼前。原来所有的浓雾、小雨、浮冰，都是为了给 Surprise 的登场做铺垫。

一种不类尘境的美，恍若仙境。顶端皑皑白雪，下面晶莹剔透，融冰形成的水流，在巨大的冰块里面流淌，激荡的水花，像撞到镜子一样迸裂。

“跟我想象中的一样，比我想象中的还美。”

皑皑白雪化入流水，簌簌的，淌着我的怦然心动。

寻找爱斯基摩人

整个“北京”号都馊了。满满一船，全是臭味儿。

这事儿我不太好意思提。从上海出来，到今天，已经两个多月了。一船六个人，还没洗过衣服。

海上淡水稀缺，洗衣服太奢侈了。海水是没法洗衣服的，因为海水是高碱性的，肥皂也是碱性物质，用海水洗衣服打肥皂，那是“雪上加霜”，会越洗越脏。用洗衣粉也不行，洗衣粉不溶解于海水。用洗衣粉洗，是瞎子点灯，洗了跟没洗一样。

这一路上，济州岛是唯一有机会洗衣服的地方，但是当时备用的衣服多，换下来的脏衣服也就都扔那儿了。现在，衣服到了非洗不可的地步了。在国内不说一天一洗，最起码三五天得洗一次。在海上的两个多月，这些衣服我们正面穿完反面穿，脏衣服换脏衣服，都换了好几拨了。

小宇搬出来一包衣服，里面居然已经生小虫了。在荷兰港，必须得大清洗大扫除了。然而找遍整个港口，也找不到一家洗衣店。

“反正熬俩月了，凑合着再穿几个月到南极得了。”

“再穿下去，接下来的国家都该不让咱入境了，我们这是严重的污染环境。”

没辙，我找到一个垃圾场，居然让我淘到一个废弃的洗衣机。有盖、有壳、有按钮、有排水管。靠谱，能修。

梁红一向用“心灵手巧”来形容我这大老爷们儿，这次又不负众望，我竟然把洗衣机给鼓捣好了。全船过洗衣节似的，纷纷把自己早已发霉发臭的衣服扔上了甲板。

洗衣机轰轰隆隆，洗了整整一天的衣服。我们一个个围着洗衣机转，手舞足蹈。今儿真是我们大洗的日子，特别欢乐。再闻闻自己身上的异味儿，我们恨不得把自己也塞进洗衣机里洗一遍。

翻出船上的绳子，在码头上来回拴了好几圈。衣服晾上去，特别壮观。估计外面再进来一艘船得吓到了，荷兰港码头被中国人的衣服给占领了。

捕了帝王蟹，夜钓比目鱼，看了麋鹿，逛了集会，亲近了冰川，还洗了衣服。最后，我们又给自己额外加了两天体验阿拉斯加的时间。

因为阿拉斯加还有两个吸引我的地方，我还没有去亲密接触。一个是鲸鱼坟场，一个是狗拉雪橇。

阿拉斯加最早的居民，就是一万年前，从西伯利亚越过白令陆桥，到达北美洲的爱斯基摩人。他们是世界上最早掌握捕猎鲸鱼技术的人，随后把鲸鱼的遗骸留在了远离海洋的地方。一万年过去了，这些鲸鱼的白骨，依然停留在那里。

在当地一个华人向导的帮助下，我们见到了鲸鱼坟场。两条鲸鱼肋骨，像拱桥一样，兀立在地面。我和梁红一人站了一边，它们组成的弧度，差不多有我两人高。

这也是人类文明的一个奇迹。一万年前，爱斯基摩人就能够把如此庞然大物，从海洋里捕猎到陆地上。一万年后，这些白骨依然能够在光天化日之下，保存得如此完好，也足以令人称奇。

提到爱斯基摩人，有三个关键词：冰屋、猎鲸、狗拉雪橇。在北美大陆，已经彻底看不到冰屋了，鲸鱼坟场也成了爱斯基摩人狩猎艺术永恒的丰碑。据向导说，狗拉雪橇这种交通方式依然留存在阿拉斯加。

向导把我们带到了一个爱斯基摩人聚居的村庄。

一座教堂似的建筑里，许多人在庄严肃穆地唱歌，用一种我们听不懂的语言。看他们的外表，不是典型的欧美人的面孔。向导说，他们都是爱斯基摩人的后裔。此刻，他们正以这个民族独有的语言，在诵念着千万年前远渡重洋，在这里开辟家园的先祖们。

接着，我们去了一个雪橇训练基地，正好看到一队雪橇犬正在训练。

一队雪橇犬有十只狗，两两一组，然后前后串联成一排。第一排左边的那一只，就是这支雪橇犬队的领队，颇有老大范儿，特别像狼。后面的狗们，性格就温顺许多，任人抚摸。

训导员告诉我们，这十只狗不是随便搭配的。每一组的两只狗，都是根据它们的性格、奔跑习惯，甚至性别等因素，才放到一起的。

我十分好奇，由十只狗组成的雪橇队，是如何控制方向的。就算十个人一块儿跑，也难以做到整齐划一，这些狗狗们，是如何做到的呢？

训导员摇头，这没有秘诀，需要经过长期的训练，才能让一支雪橇队平稳、快速地跑起来。最后，训导员邀请我们去体验一把——这个季节没有雪，我们坐不了雪橇，用一辆人力翻斗车代替。

起步阶段，训导员简单引导几步之后松缰，雪橇犬们就开始拔足狂奔。在高速的奔跑中，它们的队形一直都没有乱，互相之间的节奏保持得非常好。

坐在“雪橇”上，我和梁红都特别兴奋，这一幕原来只在电影、电视里见到过。这次身临其境，颇有穿越千年，在雪原上翻山越岭的感觉。

阿拉斯加的航程即将结束，我们要做的最后一件事就是补给。

为这事儿我有点发愁。价格是一方面，荷兰港的物价非常贵，但必须要用，咬咬牙就买了；另外一方面，这儿的物资不全，很多东西我们买不到；还有，这里人的口味跟我们中国人有很大的差异，一些食品花大价钱买下来，还不好吃，实在不划算。

正在我们纠结的时候，在码头上看到一个手写的牌子，用英文写着：所有物资半价出售，请挪步到码头的尽头。

“又淘到宝了。”我说。

码头尽头，停着一艘船，甲板上船舱里，摆了很多箱子，全敞开着，里面盛着各种各样的吃的：罐头、饼干、薯片、泡面等，非常全。

一对中年夫妇走了出来。这艘船是他们的，他们在荷兰港完成了夏天的工作，现在要回到美国本土去了，这些东西是他们没用完的，所以半价出售。

粗略一数，有十几箱。再看他们的标价，实在便宜，一瓶罐头、一袋饼干，只要几毛钱。“包圆儿，我们全买了。”

船长憨厚地一笑：我再给你们打个九折。

接下来，是漫长的清点过程。妻子一件件地清点物资的种类、数量和单价，船长拿着个计算器，噼里啪啦地算着。

夫妻俩都很消瘦、文弱，看上去都不像是航海的人。特别是船长，我们一路见过的航海者，都很粗犷，都有文身，抽烟喝酒。但是这位船长特别文质彬彬，说话一直都很轻柔。我掏出根烟，向他借打火机，他尴尬地摇摇头：Sorry，没有。

在清点的过程中，船长妻子问我们船上有没有烤箱。得知没有后，她竟然主动把所有需要用烤箱的东西都剔了出来。此外，她还提醒我们哪些东西保质期快到了，我们应该优先吃。那些快过期的，她也都挑了出来，不卖给我们了。放在国内，这事儿真的想都不敢想。

漫长的清点结束，梁红特好奇多少钱。折上折，七百零八块六毛五，零头也抹掉，七百整。这么十几箱东西，非常实惠地买到手了。

完事了，夫妻俩还特别细心地告诉我们，哪些食物该怎么做，哪些搭配好吃哪些不行。在等待老陈他们过来搬货的时间里，我们还聊了些在海上航行的事儿。在得知梁红晕船之后，船长妻子拿出自己用的晕船贴，送给了梁红，并教她怎么用。说得很详细，还告诫梁红，晕船尽量不要吃药，会导致很多副作用，等等。

阿拉斯加，从头到尾，满满全是感动。我和梁红约定，如果哪一天我们不满世界走了，我们一定要回到这里。

NED
333
NED
333

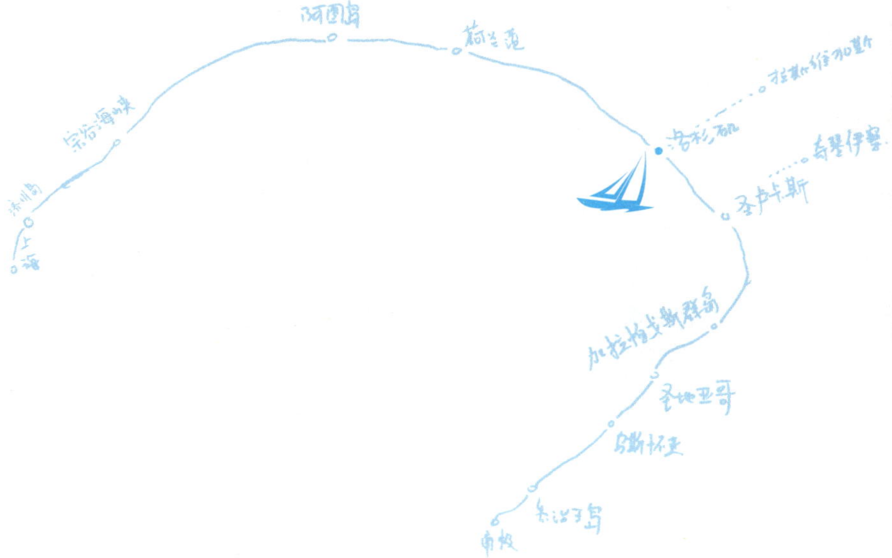

第四章 PART 4 心之波动

去与留

左躲右躲，还是没能躲开这次的风暴团。“北京”号被卷了进去。

出了荷兰港，本以为到计划中的下一个停靠点洛杉矶，会顺风顺水。因为北半球最危险的海域——白令海我们已经顶过去了，几个风暴团也成功地绕开了。烟斗发来消息，北太平洋风暴团南迁，堵在你们前面了，而且气旋发酵得越来越大，绕是绕不开了。

我们只有两种选择，要么硬闯，要么回头。

船上会议，公开表决。我的意见是继续走，硬闯。再回头时间已经来不及了，如何我们再耽搁，到达南美时就正赶上风暴季，到时别说去南极，智利湾都过不去。

梁红无条件听我的，魏凯和小宇暂时没表态，曾乔和老陈反对硬闯，提议回头。

老陈说，他上船是为了体验航海的乐趣，他觉得到这里就够了，他已经体验到了自己想要的乐趣和历练。我们真的没有必要，拿生命去冒这个险。

曾乔的理由，还是梁红。以梁红出航这两个多月晕船的身体状态，她根本没法跟着我们过风暴团，她现在就是个负能量。本来魏凯就24小时处于躺着的状态，过风暴团的时候，

前方……前方……不明觉厉!

真没有空出来的人手去照顾她。

“梁红，我知道你是个坚强的人。但是我们做的不是一般人做的事，你的坚强还不够，我们还需要你做更多。”曾乔对梁红说。

梁红已泪眼模糊。他们还在给她施加压力：“如果你不给我们一个肯定的答复，积极的信号，我们绝对不敢往下走了。”

我能体会梁红此刻心里的难受。六个人，就她一个女人，在那么难受那么艰难的情况下，能熬到这里，我觉得她的意志力比谁都坚强。她强忍住泪水，咬着嘴唇，良久，她说：“出发的时候，大家都表明了态度，这次航行，是大家的梦想，特别是对于我和老张来说，意义重大。历尽千辛万苦，我们已经走到了这里。以前我可能确实做得还不够，觉得我不行了大家还能照顾我。请大家放心，后面的路，无论如何我会咬牙坚持住，到熬不住的那一刻，我会毫不犹豫地跳下去，绝对不会成为大家的负担。”

那一刻，我的心里早已经泪奔。这是我的女人，现在却要为了坚持完成我的梦想，而做出随时殉海的决定。这些，本不应该是需要她来承担的。我发誓，无论如何不会到那一步，大伙儿是我带出来的，就算真的出了事故，发生伤亡，一定是我来负这个责任。

梁红的坚毅，让原来反对的声音弱了下去。没有转帆，“北京”号朝着北太平洋风暴带，闯了进去。

这次我们亲自见证了Mark手机里的场景。滔天风浪，把我们紧紧包围。“北京”号如同一只渺小蜉蝣，挣扎在大海的手掌里，它随意地把我们翻来覆去。随便一波浪过来，“北京”号就几乎被掀翻。在风力40多节，平均浪高6米的环境下，我们能做的非常有限。

“怎么回事儿？在风暴团里面怎么能挂大帆？”慌乱中，我发现了问题所在，“原来的帆呢？”

没有人回答我，打开装帆的箱子，在白令海上撕裂的那道口子，依然还在那里，没有修补。我和梁红去安克雷奇的时候，让留守的人补帆。显然，他们把这事儿忘了。这下我彻底气急败坏了，但是强忍住了，我不能在这个时候发火。我要做的，是想办法把大伙儿带出去。

“老陈，赶紧收帆。”话音刚落，前卷帆器的绳子断了。这根绳子很重要，它断了以后帆完全飘了出去。在那么大风的情况下，我们收不回来前帆，也降不下来它，只能任它在风里胡乱地飘着，几乎把整艘船带翻。“北京”号更加失控。我摸过去，试图用手把帆给拉回来，完全是无用功，我就听见噼里啪啦地响，我手上的指甲全部磨断了。海水浇上去，十指连心，钻心疼。

一个接近 10 米的浪头打过来，我身边的梁红一下子飞了出去，“砰”一声，脑袋撞在舱门处的一个炉子上，当场晕死了过去。

我急了，眼泪差点儿没出来，想跑过去看，结果手一离开控制台船就差点儿失控。“小宇，扶梁姐下去，开急救包给她护理下，让魏凯照顾她。”我不敢再看她的样子，害怕自己崩溃。

一事未平，一事又起。“轰隆”巨响，就见一个黑影刮到了海里，同时控制台上的雷达地图熄灭了。抬头，装在桅杆上的雷达不见了。

“帆大了太招风，这样不行，咱迟早要给掀翻了。曾乔来掌舵，我去把拉索割了。魏凯你准备一下救生艇，不行你们就先上小艇。”船已经倾斜到了 70 度，差不多是侧贴着海面了。

风浪实在太大，我一个人根本搞不定。我紧紧地抱着桅杆，喊着老陈去替曾乔的位置，曾乔来帮忙。我们两个人死死地抱住桅杆，缓缓往上爬。风雨之下，眼睛根本睁不开。迷瞪着眼睛，我俩咬牙一齐使劲儿，把帆绳给割断了。“哗”，巨大的帆被卷进了海里，差点儿把我给带下去。再睁眼，那片帆已经消失得无影无踪。

无帆的帆船，反而受力减少了许多。“北京”号终于摇晃得没那么厉害了。所有人咬着牙，憋着最后一股气，两个发动机同时开动，冲破层澜叠嶂。我们突围了，逃出生天，出了暴风团。

帆没了，雷达没了，全船所有电路接口全部短路。“北京”号彻底陷入了瘫痪。

他们都瘫倒在甲板上，喘着粗气。我挣扎了两下，想爬起来。梁红刚才被撞晕了，我要去看看她。

刚撑着起来，梁红一步一趔趄地从内舱上来了，她的头上缠着绷带，渗出了丝丝血迹。她走到我身边，把我扶着靠舷坐下。看着她的样子，我终于没有忍住，眼泪“唰”地就流了出来。

“我们是不是该放弃？我这么做对吗？我是不是很变态？带着爱人来遭这份儿罪？”我在问梁红，更是在问自己。

梁红搂住了我的肩膀，轻轻地说：“老张，这么多困难我们都熬过来了，现在最难的一段也过了。下面会一路风景独好的。”

我真的感觉自己到了临界点，到了要崩溃的边缘，把头埋在梁红的胳膊里，尽情地大哭起来。“我是不是个疯子？我居然带着你们来遭这种罪。”

“不怕万人阻挡，就怕自己投降。为了实现梦想，是一定要付出代价的。在这儿就坚持不住，还谈什么梦想。”梁红说，语气里没有责备，全是怜惜，“你不是一直说曼德拉说过，‘在事情未完成之前，一切都看似不可能’。我们现在，就是要证明我们的选择是对的，帆船走这条航线，是可能的。”

男人的悲伤，来去匆匆。只要梁红在身边，天涯海角，没有禁区，风阻浪挡，绝不退缩。

抹干净眼泪，检查船只。我们前方，还有很远的路。

汪洋中的浮木

没有前帆，没有雷达，全船电路瘫痪，船上一片狼藉。距离洛杉矶，还有 800 海里。

这样的“北京”号，对我们来说，就像是汪洋中的一块浮木，我们能在上面漂着，但是动弹不得。

雷达是眼睛，帆是腿，现在我们都没了。备用眼睛烟斗在北京，备用腿发动机，因为电路的瘫痪宣告罢工。

在茫茫大海中央，帆和雷达是指望不上了，我能做的，就是重新接好接口，修好电路。“北京”号全船的 3000 多个线路接口，我早已烂熟于胸。这次风暴团的侵袭之下，“北京”号真的很惨，很多地方被海水浸泡之后已经腐烂了，修无可修。

船上现在只剩下磁罗经了，也只有它还能告诉我们方向。没有自动舵，没有自动驾驶，没有 GPS 导航仪，什么都没有。无线电还能勉强开机，上面有一个经纬度，沿着那个先把磁罗经校正，把我们的航向大致定好。

接下来是电路的问题。电路损坏很严重，整个电磁系统完全荡机，就是完全故障。我把所有仪器的电源线全部都拆下来，然后找了一个主电源，把我们最需要的海图机、自动控制电路连在主电源上，让它们独立工作。折腾了三四个小时，终于通路了，“北京”号可以一瘸一拐地勉强继续走了。

船上其他人这会儿早都罢工了，都累趴下了。只剩下梁红，在给我递工具、打下手。

风暴团过得这么困难，几乎丧命，有大部分原因，是我们自己在前面欠下来的债。出了长江口后，“北京”号就遭遇了一次风暴，两只油泵损坏，到后来船只进水，我们当时只是小修小补，解决了燃眉之急，并没有对船进行全面维修。虽然后来还停靠了新知岛、阿图岛，但那都是没有人的荒岛，没有维修条件。荷兰港也是如此，物资匮乏，修补前帆也给忘了。随着这么一路地走，发电机故障、主要油泵故障、备用油泵故障、照明设备故障、前帆故障，接踵而来。

风暴之后的大海，宁静安详。一种叫不出名字来的海鸟，三三两两，在天空上盘旋着，突然急停俯冲，箭一样，一头

出航之前，遗书是必需的。

扎进了海里。每一只鸟儿身边，都带着一两只小鸟。妈妈在教雏儿捕猎。

发动机转起来的轰鸣，仿佛悦耳的音乐。“老张，你从来不让人失望。”梁红笑着鼓励。

烟斗在卫星电话里,给我们导航。洛杉矶肯定去不了了，就近找个地方对“北京”号大修，是当务之急。离我们最近的，是俄勒冈州的阿斯托利亚。

前方陆续出现了几座灯塔，一些胖乎乎的海豹，不知道是怎么爬上去的，在上面警觉地看着我们，眼神不太友好，仿佛在警告我们，不要闯入它们的领地。

阿斯托利亚的码头，比荷兰港还小。因为仪器损坏，我们无法知道码头的水深，结果就给污泥卡在入口处了。不知道周围情况，我们也不敢贸然腾挪。一抬头，远远就看见码头上站着一些人，在等待着我们，还一直挥手致意，并给我们引航。终于我们脱困了，“北京”号安全入港。

原来以为码头上的人是政府部门的人，近了发现不是，他们都是帆船的发烧友。他们有些人认识五星红旗，有些人不认识，以为我们是加拿大或者澳大利亚来的。

得知我们是开着眼前的这艘“破帆船”，从大洋彼岸的中国而来时，美国朋友们发出了阵阵赞叹。这群人对航海十分热衷，简单听了我们的经历后，把我们当英雄看待，不停地竖大拇指："中国人，牛！"

他们自发地上来帮我们检修船只，并且告诉我们，哪儿能买到我们需要的帆、雷达等物品。热情似火。

在游艇商店买到了雷达，管卖不管装。那哥们儿一摊手，他不会。没辙，只能自己动手。曾乔和我俩人，翻着压根儿不认识的说明书，摸索着装，上桅杆打孔，回甲板拆线。鼓捣了三天，奇迹般地被我们折腾好了。

经人介绍，一对老两口骑着自行车从城市的另外一端赶了过来，检查我们损坏的帆。前后看了看，老头儿点点头，能修。他们马上又骑车回去，再开车来把帆运回去。老头儿说，他年轻的时候也跑船，也经受过这么大的风浪，他认为他跟我们是一种人，有生之年必须要有一次这样的侣行。我问他现在还下海吗，他说他已经 70 岁了，不能下海了。但他现在依然没停下来，他从这里骑自行车去加拿大，然后绕着每个道路转圈。

找人检查螺旋桨的时候，我们都不知道型号，我只得跳进冷水里，潜下去查看。一下去吓一跳，螺旋桨上缠着各种水草、污垢。在这种情况下，它还是把我们送出了风暴团，到达了阿斯托利亚。心里有种劫后余生般的庆幸。

还有很多其他的设备，需要采购更换。为了方便，我们买了一台赛格威电动车。有那么几天时间，我们的船就一直在“乒乒乓乓”作响，各路人马上来帮忙。最后，阿斯托利亚的警察也来了：检查证件。

拿出被海水泡皱的“通关文牒”，警察看了摇了摇头，这个不行，我们需要重新办。我们的文件，是在荷兰港的时候当地的海岸警卫队给盖的戳，允许我们自由地在全美停靠24个月。可俄勒冈警察说不行，美国每个州的法律都不一样，我们需要重新去办入境、停靠许可。

好消息是，俄勒冈免税，停靠便宜。坏消息是，我们“只能”在这儿停靠两个月。时间充足，绰绰有余。

这天是中国的中秋节，每逢佳节倍思亲，船上的气氛有些感伤。我跟梁红上岸，找了很多地儿都没买到月饼，无奈大伙儿只能用饼干替代。梁红在网上说了这事儿，不料第二天就天降月饼。

天上淅淅沥沥下着雨，一对华人小两口敲着船就上来了，手里提着大包小包的吃的，还有几盒月饼。他们冒雨从波特兰开车过来的，那小伙子说：“哥们儿其他的也帮不上什么，但一定得让哥几个吃上月饼。”

酱板鸭、葱油饼、糖醋排骨……全是熟悉的中国味儿，一直躺着的魏凯，就差没飙眼泪了。所有人团坐在一起，在离家一万多海里的美国，过了个中秋节。

“船长，来几句。”

“来几句？”我嘴里塞着月饼，心里是真高兴，“你们不仅是我的朋友，更是我的家人。千辛万苦到今天，我们一家人依然还在一起，没有什么比这个更珍贵了。来，干月饼，祝大家节日快乐。”

第二天，一个小伙子和他的姐夫，也驱车从温哥华带着月饼赶来了。

异国他乡的感动，分外真切。

雷达有了，螺旋桨修了，帆补了，所有该修修补补的地方，都敲上了补丁。我们到了扬帆继续的时候了。

“生日快乐。”

起航这天，是9月25日，我的爱人梁红的生日。没有蛋糕，只有罐头。“来，丫头，对着大海许个愿吧！”

她抱拳闭眼，虔诚地向大海默许下了自己的愿望。

“一帆风顺，让所有人都一起安全地走下去。”我听到了她的心声。

倍思亲

老陈的媳妇儿王佳、女儿陈梓琳就在码头上，却不能下去拥抱。在洛杉矶，我们被禁止登陆。

让“北京”号也歇歇脚，俯瞰一下尘世。

阿斯托利亚到洛杉矶，有六天的航程。被无聊折腾得都不爱说话的船员们，居然又都活泛起来，把此前聊过的祖宗八辈的事儿，搜罗出来再讲了一遍。这就是洛杉矶的魔力——这一站是个节点，到达洛杉矶，说明我们的航程走了三分之一，而且最危险的那一段，已经过去了。

更重要的是，我们的家人，在洛杉矶等着我们。老陈的爱人和女儿，此刻都已经在天使之城等候。我们是一家人，他的家人就是我们的家人。

人的心情好，大海也随之变得温顺。一路顺风顺水，“北京”号平稳地扎进了洛杉矶长滩码头。这天是 10 月 1 号，中国的国庆节，“北京”号高悬着五星红旗，抵达美国第二大城市。

老陈的女儿远远地就看见了爸爸，张开双臂，雀跃着跑了过来。

抛锚、拴绳，我们意气风发地准备下船，却被人拦住了，已经下去了的曾乔，又被请回了船上。美国海关，例行检查。

护照、证件、荷兰港和阿斯托利亚两地给的停靠许可，我们都拿了出来，不料海关官员拿着我们的证件，却在那儿抓脑袋。半晌，海关大哥歉意地说：“这事儿有点麻烦，我需要请示一下总部。”

他们遇到的问题，跟阿斯托利亚警察遇到的一样，阿拉斯加、俄勒冈、加利福尼亚三个州的法律都不一样，是其一。其二是，这三个地方，此前都没有接待过来自中国的帆船停靠，大多都是来自澳大利亚和加拿大的，少数来自亚洲的，也是日本帆船；在手续办理程序上，没有参考。

我们有些焦躁地在船上等着，老陈的女儿在船下已经噘起了小嘴。

好事多磨。好在问题很快得到解决，海关带梁红再去办一次航行许可，完事了咱们就算被美国政府第三次准许入境了。

我们的第三份文牒上，准许停靠时间又缩短了，两周。

老陈一家三口紧紧地拥抱在了一起，这个汉子的眼角，已被泪水浸湿。我们其他人在边上陪着高兴，但是每个人心里都有些酸酸的，不约而同地想到了千里之外自己的家人。

欢呼和鲜花，突然簇拥了过来，让我们有点儿措手不及。不知道一下子突然从哪儿钻出来了近百号人，他们高举手臂鼓着掌，欢呼着，叫着我们的名字。

一位跟老陈家人一起来美国接我的朋友告诉我说，这些都是自发聚集的网友。大伙儿知道我们今天要在洛杉矶停靠，就都从美国各地跑来了，还有特别从加拿大和东海岸赶来的。优酷的朋友们来了，我在美国学飞机时候的朋友们来了，高晓松也来了。

“我准备的礼物，带来了吗？”我悄悄地问。朋友点头。

现场已经演变成了一场欢迎会和分享会。

曾乔、老陈、魏凯、小宇，他们冒着生命的危险，陪着我和梁红，去完成这次探险，达成我们在南极完婚的梦想，对大伙儿的谢意，我无以言表，只能事先准备一份礼物，送给我最可爱的船员们。

现场的 LED 屏幕上，出现了魏凯老妈的脸："家里一切都很好，等暖气来了，我就去把你闺女接过来。"

"你们两个把伙伴带去了，就要保证大家的安全。他们把生命交给了你们，你们也一定要负起责任。"梁红的妈妈，我的老岳母。

"儿子，家里都好，我跟你爸身体也都好。在外面照顾好自己，加油，你是最棒的。"小宇的爸妈。

"保重身体，注意安全，在外边一定要注意吃饭，早饭一定要吃。对外国人要客气一些，多交朋友。"我妈妈的絮叨。

"安全回来，妈给你做饭……"曾乔的母亲。

一路上我们隐忍了太多眼泪，这一刻，一起喷涌而出。每个人都已经泣不成声。漫漫征途，几经生死，我们每个人心里最深的牵挂，就是千里之外的家；我们最沉重的思念，就是那些已经两鬓斑白的面庞和咿呀学语的笑脸。

在船上有过欢笑，有过矛盾，笑过，哭过，无论如何，都过来了。一起经历风雨，一起面临生死。

在船上我是船长，虽然不太会板着脸，一直嘻嘻哈哈，但是有些时候确实显得比较自我和霸道，也跟大伙儿急过眼子上过脸。在这个百感交集的时刻，有很多话，想在这里说出来。

魏凯跟了我很多年了，当年他进我公司时，还是一轻佻的毛头小伙子。我记得他来面试的时候，留着长头发，穿着背心儿，趿着拖板儿。当时我就气不打一处来：小伙子你先去剪个头发买身衣服再来。到现在，他已经是孩子的爹了，虽然还是有点儿毛毛躁躁，但是有一股韧劲儿。从奥伊米亚康开始，到索马里、切尔诺贝利、马鲁姆火山，再到这次出海远航，他是除了梁红外，唯一一个陪我走过每一站的人。这次出航，本来把扛摄像机的任务交给他的，不料他看着结实的身板儿，却对风浪毫无抵抗力，从上船晕到下船。在船上，躺着的人比站着的人难受。

和曾乔相识于2008年，当时约好一起赴汶川救灾的，但是后来他没去。当时我就挺看不起他的，觉得他尿了。后来得知，他留在北京四处奔走，给我们筹措物资，我承认我错了，这朋友我交下了。他和魏凯一样，除了缺席奥伊米亚康之外，一路同行到了这里。这人的毛病就是嘴巴碎，什么事儿都爱和我抬杠，还爱絮叨，一边干着活儿一边说着些让人起火的丧气话，成了船上的一个负能量源，好几次我都想踹他了。但到了关键生死时刻，他从来没有放弃过。除此之外，曾乔可以说是我最好的帮手，关键时刻能跟我一起脑子清醒，上天入地排解故障的，也就他了。

对于老陈，一路上我颇有微词，这哥们儿太懒了，什么事情都不走心，导致我给他派活儿的时候，总是很不放心。不过大家能不能活下去，在船上生活的质量，却都有赖于他，因为他是掌勺的厨师。至少到目前为止，在船上没发生过食物中毒。这事儿要给他发一枚军功章。更何况他放下在北京优渥的环境，别妻离女，陪我踏上这段艰险的征程。

在我眼里，小宇是个完美的士兵、水手。服从命令，任劳任怨。在九十多天的航行里，小宇是我值夜班的搭档。可以说每一个凄风苦雨的寒夜，他都是那个陪伴在我身边的小伙伴。

梁红，多年的相知相爱，我想不出来更多的词汇来赞美她了，我觉得无论怎样形容她都不过分，还是会显得苍白。她这一路，在身体上、心理上，承受了最大的折磨和压力。我本来以为自己是那个最坚强的人，却屡次需要她站出来，安慰我，稳定军心。我要带梁红走遍每一个她想去的地方，把整个世界送给她。

还有幕后的老大哥烟斗。做了一辈子工程师，我们的出航，逼得他在五十“高龄”，开始去学习航海知识。他就是我们的眼睛，指引着“北京”号的每一步前行。无数个日夜，他都在北京紧张地陪着我们煎熬着。过白令海的时候，他也曾陪着我们，三天三夜没合眼。后来回到北京，看到他手画的那张海图，我什么也说不出来，只能给他一个结结实实的拥抱。“这张图得裱起来，烟斗你救了我们所有人的命。”

还有很多一路帮助过我们的人们。我，“北京”号的船长张昕宇，在这里向你们鞠躬。正是你们的存在，才让我有着永不枯竭的动力，去做这件事情，带着自己和大家的梦想，走到更远的地方，死不足惜。

没用的美国梦

我要体验一把美国梦。短时间内，我对在美国这片神奇的土地上折腾出一番惊天动地的事情兴趣不大。但是我认可“美国梦”的精神：通过自己的勤奋工作、勇气、创意和决心，经过不懈的努力和奋斗，获得更好的生活。

这不仅仅是美国梦，也应该是世界梦。

我要去试试打工，在洛杉矶找一份工作。我很想知道，千千万万生活在美国，生活在洛杉矶的华人同胞们，他们在异域他乡的生活，是怎么样的。

无论走到哪儿，五星红旗都飘着，我们的阵地还在！

蒙垂帕克，洛杉矶一处华人居多的小镇，到美国的新移民，大都会选择先在这里落脚。当年冯小刚的电影《不见不散》，就是在这儿拍的。

工作日，街上很安静，人烟稀少。两旁随处可见中文招牌，电线杆上也少不了中国特色：中文小广告。

被一个按摩店的老板婉拒，原因是我没有按摩执照——在美国好像什么都需要执照。我只有汽车、帆船、飞机的驾照，怎么办？找一跟车有关的活儿吧。

走进一家台湾人开的洗车行，老板很干脆："行啊，来，先试试，看你技术怎么样。"

这是我第一次以打工者的身份，去给别人洗车。心里觉得这件事儿不难，小菜一碟，到真洗上了，感觉不是想象中的那么轻松，真的挺累的。过水、冲刷、打沫、拖洗、擦干……

一趟下来差不多40分钟，我早已经气喘吁吁。老板说，这里每天要洗一百辆车左右，基本上员工是从早做到晚，工资每个月2000到2500美金。

努力，却依然不能得到这份工作。我再次被老板拒绝，他说我洗得很干净，但是速度太慢。如果请一个墨西哥人来做，他15分钟就能洗完一辆车。一个人一天能洗50辆车。

老板没有让我空手而归，他说送我一份礼物。他打开车库的门，一辆龙年纪念版的劳斯莱斯停在里面。我的礼物，就是可以参观这辆车，还获准坐进去。老板看得出来我爱车，我坐过无数次车，但这款劳斯莱斯，确实是人生初体验。

“咱们去好莱坞试试吧，看能不能淘到金。”

灯红酒绿，人来人往，熙熙攘攘。这里才是美国现代化社会的缩影，我们在美国此前的几站，显得是那么安静平和，一点儿都没有这里的喧闹。

边走边拍照的游客、叫卖的商贩、卖唱的披头士……更吸引人眼球的，是那些穿梭在行人之中的 cosplay 明星。杰克船长、超人、蜘蛛侠、米奇和米妮，变形金刚，等等。他们靠跟游客合影挣钱。

我们也来个 cosplay 吧。魏凯套上一身绿巨人浩克的衣服，骑着赛格威，就在人流里窜开了。不知道是身板不够魁梧，还是什么原因，无人问津我们的绿巨人。反倒我们原来占着的位置，被一个蜘蛛侠抢走了。

“要不咱们找那边的白雪公主搭伙吧，挣钱了半劈。”不料白雪公主说，挣的所有钱都是她收，此外我们在拍她，需要先给她钱。

这哪是合作啊，换人。我们找上了一个拿着菜刀的人猿斯内克，他很热情。跟他正聊着，一个闪电侠过来了，他是白雪公主的老板。此人很不客气，说我们先找的白雪公主，现在又找人猿，这不行，咱们得付钱。

大陆寻暖。

看他样子挺像地头蛇，我们不想惹事，给了他 10 美金，才打发掉了闪电侠和白雪公主。

人猿说："你们这样，在这儿是挣不到钱的。从中国戏院到柯达影院这一片儿，都是刚才那伙人的地盘，你挣着钱了他们也会要你上缴。"

"那你呢？你也跟他们一伙的吗？"

"我不是，他们是东欧人。我不一样，我是本地人，我从纽约来的。我在这儿混了快 20 年了，我想去哪儿就去哪儿，没人管我。"在闷热的天气下，他穿着厚厚的 cosplay 衣服，一天得在街上走 7 个小时。

"你一天能挣多少钱啊？"

人猿爽朗一笑："100 万。"

这肯定是个玩笑，他们跟游人每合影一次，能收到 1 美元的小费。"这么辛苦，你为什么要做这个？"

"我热爱我的工作，因此无所畏惧。"

一个蜘蛛侠也凑了过来，说："我们给人们带来欢乐，他们发自内心地笑。我们热爱这一切，所以强大。"

这种心态，才是真正的好莱坞精神。如他所言，我们在这儿是没法混下去的，挣不挣得到钱另说，还得交地盘费。

在大伙儿心灰意冷，准备收摊的时候，一个米老鼠凑了过来，挨着我坐下了。米老鼠的加入，给我们带来了生意，姐弟俩小孩凑了过来，要拍照。沾米奇先生的光，终于见着钱了，那小女孩把 1 美元塞到了我手里。当然，这个钱我得给米老鼠。

在好莱坞混的这一下午，我们只成功地独立跟人合了一次影。一个来自北京的小伙子，在网上看过我们的视频，被他一眼认出来了。“张哥你混好莱坞来啦？”

“嗯，跟斯皮尔伯格合作个戏。”众人大笑中，合影留念。

洛杉矶之殇

离开星光大道白日的繁华，我们还要去探访洛杉矶的另一面，那就是夜晚的混乱。黑帮、抢劫、毒品、流浪汉……这些，都是美国电影里，洛杉矶之夜的重点元素。

梁红有些担心，想让我打消这个念头。她听朋友说，晚上你走在街上，别人认出来你不是附近的人，就会过来跟你借钱。不借？很多人兜里揣着刀或者枪。

“这可是大美利坚啊，人权社会，法制社会。”话虽这么说，可传言听多了，我心里还是有点儿发虚。

晚高峰过后，上班族的离开，把洛杉矶的市中心留给了那些晚上活动的人。跟世界上其他的地方不一样，在美国，中产阶级和上流社会的人，都把家安在郊区或者卫星城，市中心反而成了贫民聚集地。

我们刚转进一个街道，一个穿着帽衫的人就截住了车，问:“毒品还是枪？”

两边的红灯区里，一些浓妆艳抹的女人冲我喊道：“5 Dollars。”

漂亮的房屋、整洁的街道、热情的人们……我恍惚了，那是我白天看到的洛杉矶；可是现在我看到的，是昏暗的街道，满地的垃圾，街边站着一些不怀好意的人，一些流浪汉或靠或躺，呆滞地看着一切。还有成群的人，在救济站前排着队。靠着墙壁的地方，支起来很多帐篷。

随着道路的深入，遇到的情况越来越让人紧张，有的人就跟着我们的车跑，跟我们借钱。有的人看见我们的摄像头，就站起来骂，还捡起石头扔我们。我们车速一慢下来，就有很多人要围过来。

“太招摇了，咱们这样容易拉仇恨。别拍了，窗户摇上，车里的灯关了。我下去，随便找个流浪汉聊聊。”

“不行，出了事儿怎么办？”梁红拦着。

“没事儿，就 10 分钟。我有备用方案：一、跑；二、打 911。”虽然在这儿出了事，警察都不一定来。但我执意要做的事情，他们也拦不住。

洛杉矶·夜。

洛杉矶市中心，第五街区。刚走了没几步，就有一个街对面的黑人跟我打招呼，问我在做什么。“Just walk。”他指了指我的冲锋衣，说我很酷。说罢就走开了，没有恶意。

一回头，不远处坐在墙角的一个流浪汉，跟我要烟抽。这是个机会，我凑了过去。给他发了支烟，他非常急切地大口吧嗒了起来。

这个流浪汉，非常消瘦，戴着鸭舌帽，穿着雨衣一样的夹克。我想起了美国垮掉的一代，《麦田的守望者》里，主人公霍尔顿一直就是这身打扮：棒球帽，雨衣。塞林格的作品风靡全美的时候，这个流浪汉应该正是青少年时期。

他很友好地跟我握手，说他名叫麦迪。我问他，为什么睡在这儿。他说对面是一个救济站，他能在那儿领到早饭和晚饭。

有一茬没一茬地聊着，他提醒我说，晚上在这儿走是很危险的，这儿经常会有枪声，会杀人，特别是那些吸毒的人，有时候可以为了 10 块钱杀一个人。警察们也很讨厌这个地方，报警都没什么人搭理。这儿充斥着很多毒品贩子、妓女，反正一切的社会不安定因素这儿都有。你想买任何非法的东西，在这儿都可以买得到。

聊开了，这个流浪汉并不排斥我，跟我说了他自己的情况。他现在 40 岁，原来有车有房有工作，还有家庭，然后就都没了，成现在这样了，没有住的地方，没有钱。白天的时候，他要找地方躲起来，去公园或者地下通道，洛杉矶白天是不允许流浪汉上街的。

问他何至于此，他没回答，只是低头猛吸烟、摇头。想必一言难尽。

“你有吃的东西吗？我很饿。”片刻，他这么问我。

我给了他 2 美金。因为出来之前，我们担心被抢，只敢在身上带点儿零钱，并且把钱都卷成了一团。万一遇到有人追，把钱扔向远处，这是个调虎离山的方案。

他接过钱，站了起来。因为一直对这儿有防范心理，我忙问他要干什么。他说去下一个街道买吃的。我试探着问，能跟着一块儿去吗？他点头：“Let's go。”

这是一条单行街道，远处的梁红他们在车上，没法跟过来。事后他们说，当时都急疯了，真出什么事儿，他们也看不见。我当时很坦然，这些流浪者们并不是坏人，他们都有自己的故事，可能因为突生变故，失去了生活依靠。他们的目的，只是填饱肚子，活着，并无心伤人。

跟着流浪汉走进一家小超市，他径直走到泡面的架子上，花了 1.5 美金买了一包方便面，用超市的水泡了起来。这个过程中，他不停地咽口水，看样子是真的饿极了。我又给了他 1 美金，示意他可以再买一包面。他接过，说：“明天。”

从有到无，难以想象，什么经过了他。

而后，他端着面，回到他最开始坐着的那个墙角，埋头大口吞咽了起来。

我默默地走开了，到街对面的时候，他抬头看了我一眼，跟我挥手道别。

美国的另一面，让我心里唏嘘不已。白天繁华似锦，晚上的这里，却是如此的脏乱忧伤。

驶入秘密军事基地

曾乔离开了。

他是独生子，早在济州岛的时候，他的父亲就准备要做一次心脏搭桥手术，很危险，成功率只有一半。当时曾乔没能走开，手术就一直拖到了现在。

我的颈椎病，这会儿也犯了，每天总会有几次钻心地痛。洛杉矶似乎是在挽留我们。

请了一位华人大夫来帮我看病，他姓王。手法非常熟练，摸了摸我的脖子，捏一捏肩膀，说我这个问题很容易解决，我当时就很诧异，我在中国这么多年都没解决。他用梅花针给我放血，然后在痛点用梅花针扎，皮肤被刺破了，然后放一个拔罐，把里面的瘀血吸出来。

经过一个礼拜的治疗，还真好了。

在治疗的时候，我跟他聊了很多。我问中国人在美国怎么样，他说在美国找工作很容易。他也是做黑工，拿一张按摩床放在汽车的后备厢里，然后到处发广告。有需要的病人就会给他打电话，接到电话，就可以直接上门服务。过去把床支上，帮别人治病，一次收 50 到 100 美金。

他说很多志存高远的中国人来到美国，到最后其实都放弃了那些看上去很体面的工作，转而靠脑子在挣钱。在美国有来自很多个国家的人，不同的民族，都有不同的生活方式。比如墨西哥人干的都是体力工作，而中国人就花样百出，能挣巧钱。

王医生还跟我聊到华人在洛杉矶的地位问题。在天使之城，华人的数量非常多，地位却仅仅略高于墨西哥人。大多数移民过来的中国人，在此安家落户，但是无论经过了多少年，还一直认为自己只是个客人，没有融入到美国的社会。竞选的时候，依然不会去参选，甚至不会去投票。中国人好像就是来了，在这儿挣些钱，过上富裕的生活，照顾好孩子和家庭就够了。至于社会责任感什么的几乎没有，中国人依然没有把自己当成主人。

洛杉矶，是我们在美国的最后一站，我们还有一件事情需要做：去拉斯维加斯领结婚证。我们是去南极结婚，在结婚前，怎么着也得领个结婚证。

拉斯维加斯名声在外，除了纸醉金迷和赌场筹码之外，还有一个原因，就是它是美国唯一一个可以让外国人领结婚证的地方。

拉斯维加斯地处内华达州的沙漠中间，去那里我们没有选择坐飞机，而是开车去，因为我们要在途中寻找莫哈维沙漠飞机坟场。美国每年有上千架飞机完成使命，退出历史的舞台，而这些退役的飞机无论是作为预备队，还是被销毁，最终都有一个统一的归宿：莫哈维沙漠飞机坟场——世界上最大军用飞机“墓地”。

那儿也算是一个军事秘密基地了，民间没有人知道它具体在哪儿，但我坚信，自己能够找到它。

我的想法是，堆放的飞机数量庞大，用卫星地图找一个大概的位置，还是可以的。我们选择了半夜出发，既然政府不公开它的位置，必然是不对外开放的。晚上去找，可能戒备没那么森严。

在沙漠里夜行也是一个挑战，太干燥了，在车里坐着啥也不干，一会儿就唇齿皆干。而且很快，我就迷路了。我在沙漠里跌跌撞撞地开了三个小时，终于看见前面有一个标示牌。喊醒已睡着的梁红，她迷瞪着眼说：“警告——未经允许车辆，禁止——进入这一区域。”

军事禁区。差不多就是这附近了吧？接着往前开，一个更醒目的标志出现在前面：U.S. AIR FORCE，美国爱德华空军基地。

我有强烈的预感，飞机坟场就在这附近。没有月亮、没有繁星，沙漠里也没有路灯，能见度实在太低，搞不好我们已经和它擦肩而过了。梁红说，我们是在大海捞针。又跌跌撞撞转悠了一个多小时，我放弃了，先找地儿睡觉，天亮了再来。

白天的莫哈维沙漠很漂亮，跟我想象中的不一样。在我们的印象里，沙漠应该是黄沙漫天，寸草不生。但是我们脚下的这片沙漠，更像是戈壁，到处都是因干涸而龟裂的缝隙。也没有此起彼伏、会移动的沙丘，泱泱一片平原，远处，还倔强地生长着一些绿色植物。

莫哈维沙漠，地跨内华达州、亚利桑那州和犹他州，面积有 65000 平方公里。我开始觉得，自己原来想凭借一张地图在这片沙漠里找到一个地方，是有多天真。

《七宗罪》里的沙漠风车阵，钻入了眼帘，非常壮观，让我们有些气馁的情绪振作了一些。

“那儿，那儿有一片白色的影子。”梁红率先发现了墓场的踪迹。

在太阳的照射下，成千上万架飞机，银光闪闪，绝对是一大奇观。围场有一圈栅栏，我们开着车绕了好几圈，没有找到进去的路。最后，在一个不太显眼的地方，有一个类似收费站的地方，那儿就是它的入口。一个美国大兵把我们拦住了，很客气地要求我们出示许可证。有证，就放咱们进。

没辙，大兵把我们指向军事基地，说那儿可以办理许可证。基地办公室里，只有一个姑娘在值班，得知我们想参观之后，她很遗憾地耸耸肩，说这片区域已经被关闭了，谁都进不去。在我们的一再请求下，她尝试着帮我们打了几个电话，没有效果，依然不让进。

作为一个机械控，花了两天时间好不容易找到这儿，却进不去，我的失望全写在了脸上，情绪十分低落。梁红安慰我："没事儿，咱们迟早还得杀回来。"

临走前，我们又开车围着坟场的栅栏绕了几圈，把它看了个够，看了个透。几百架、几千架波音 747、737 等大型民营客机和部分军机停在这里，实在是太壮观了。世界上这种地方，确实不多。

盼望的一天

驱车直奔拉斯维加斯，我要去领结婚证了！

到达拉斯维加斯是晚上，这里是那种极致的繁华。美国真正的不夜城，应该是这里。迎面走过来一个大人物，把我们惊呆了，《加勒比海盗》里的杰克·斯派洛船长——一个粉丝 cosplay 的约翰尼·德普，太像了，完全是一个人。

这里是美国的另一条星光大道，超人、白雪公主、钢铁侠们，也在这儿混饭吃。

云集的赌场，各显神通来招揽客人。有的是门口上演表现秀，有的是一束天光照在楼顶上——据说这束光可以照到月亮上。还有一家赌场，每天准时有大卫·科波菲尔的魔术节目。

赌场对我们的吸引不大，我们是来领证的。第二天一大早，就找到了当地的民政局。在婚姻登记处，有六七十岁的老爷子领着老太太来领结婚证；有抱着孩子来领证的小两口；有老头子牵着小媳妇的，还有各种肤色混杂的情侣。

这边办事很有效率，很快就轮到了我们。只要出示护照，不用再出示任何证明，就可以领到结婚登记证书。

捧着结婚证，我和梁红百感交集。这么多年的感情，终于在拉斯维加斯，有了一个里程碑式的节点，我们有证了。

我当场把梁红抱了起来，我们是那儿唯一的一对黄皮肤面孔。现场的其他情侣们又都纷纷给我们鼓掌，说着："Congratulations！ Congratulations！"

这儿离大峡谷和胡佛水坝很近，一个自然奇观、一个人造奇观。梁红提议，我们去那儿拍婚纱照吧。

为了这一天我们等了太久。

人们在赞美拉斯维加斯的流光溢彩时，一定不能忘了胡佛水坝。正是因为这座水坝的修建，才在沙漠深处，诞生了拉斯维加斯这座世界第一赌城。1931 年 4 月，在全球经济大萧条的情况下，美国政府投资逾 5000 万美元，建造胡佛水坝。水坝旁边本是荒无人烟的不毛之地，正是大批工人的到来，让这里有了些许生机。

工人们闲暇时，在沙漠中无从消遣，遂有人以赌博解闷。内华达州政府也因此在 1931 年将赌博合法化。就这样，很多赌徒和资本家慕名而来。原来工人们居住的营地飞速发展，逐渐演变成了美国西部最大的新城——拉斯维加斯。

我和梁红驱车赶往胡佛大坝，再次经历了一次时间旅行。大坝所处的黑峡两端隔了一个时区，我和梁红站在大坝两端，她在上午 10 点，而我在 11 点。

奔腾的科罗拉多河在这里戛然而止，如同被驯服的猛兽；千百年河水冲刷形成的黑峡，悬崖峭壁、光怪陆离；下游形成的蔚蓝的全美最大的人工湖——米德湖；再加上这座高达 221.4 米、78 岁高龄的壮观大坝，三大自然景观，与一座人工建造的奇迹融汇一处，是何等的壮观！

梁红被震撼了，这也正是我想给予她的。我希望在任何时候，都能够和她一起分享最极致的体验。

水坝到科罗拉多大峡谷不远，驱车不到一个小时。这处自然景观，再次让我们惊讶不已。作为全球最长的几条大峡谷之一，这儿的地貌最为独特奇异。成千上万年的河水冲击和自然风化，让其地貌变得鬼斧神工。谷壁通体都是红色岩石，在太阳光的照射下，它又会分别呈现出其他颜色、深红色、淡粉、浅黄、深黄……

这里做我们婚纱照的背景再合适不过。梁红换上了一件淡紫色的婚纱，遗憾的是我没有带西装过来。

天空下起了小雨，气温骤降，穿婚纱的梁红冻得瑟瑟发抖，却不愿意加衣服。她说女人一辈子没几次穿婚纱的机会，在这种地方穿婚纱，更可能是一辈子一次。

周围如织游人也纷纷围了过来，为我们鼓掌，为我们祝福。

身后是自然奇观，身旁是一生挚爱。那一刻，我是世界上最幸福的男人。那一刻，已是永恒。

梦的放行

一万多海里被我们甩在了身后，这功劳大半要颁给“老范的儿子”——“北京”号。如今它已经千疮百孔，想继续走下去，就必须得大修了。在船厂的船坞里，它被高高地吊了起来，瞬间变身，好一艘飞艇。

给我们修螺旋桨的技工，是一位海岸警卫队的前队员。闲聊的时候，我们聊到了阿图岛，他一下子就兴奋了：“阿图？你们去过阿图？我在阿图岛服役过！”

瞬间，我们就互相感觉关系近了不少。我们给他讲我们在阿图岛的事儿，他也给我们分享他在阿图岛服役的经历。后来闲聊，他问我觉得洛杉矶怎么样。我开玩笑说，物价太贵了，我以前来吃得起牛排，现在只能吃汉堡了。

他也哈哈大笑，然后一脸认真地说：“我在我的工时里，给你减掉 500 美金，作为给你的优惠。你们的行为，让我很感动，你是个勇敢的人。”

轮到我惊讶无语了。他不是老板，他只是从自己的工资里少赚 500 块。我甚至都不知道该怎么去感谢他。螺旋桨修完之后，他的老板来跟我结账，说：“你们一共付我 1800 美金就 OK 了。”

我再次目瞪口呆，因为最初联系他的时候，我们谈好的价格是 3500 美金。老板笑着看着我们说：“托尼给我讲了你们的故事，你们很了不起。而且我知道你现在缺钱，所以我给你们打折。”

他知道我们缺钱，是因为之前的一件事。在买油漆刷船底的时候，这位工头给我推荐了一个品牌的油漆，是最好的那种，一桶要三四百美金，我的船要刷5到6桶，掂量一番之后，我选了一个150美金一桶的，而且只刷了3桶，把最关键的地方刷了三遍，其他的地方就刷两遍。我们刷漆的过程，他们都看到了，所以他们非常明白我们现在在节省。

随着“北京”号逐渐修补完整，我们也要离开美国了。从无人的阿图岛开始，再到登陆荷兰港，一直到今天，美国人给我们留下的，全是感动。阿图岛海岸警卫队的物资、荷兰港的帅气警察和半价食物、安克雷奇的免费汽车和导游、阿斯托利亚的那群给予我们帮助的居民、拉斯维加斯的路人，还有给我修船的托尼和工头……太多太多，包括美国的政府海关机构，三次入境，都给我们开了方便之门。小宇的护照上，第一个签证戳，就是在美国的落地签——他连签证官都没见过，这在国内是不可想象的。

他们每个人，都在以自己的方式帮助我们。

在感谢美国人民的同时，我们也知道他们为什么愿意帮助我们。如凯罗琳大姐所说：“因为你们有梦想，愿意为梦想去行动，去努力，所以我们敬佩你们，愿意帮助你们。”

在美国，梦想就是通行证。

修理完传送轴的轴承故障和发电机故障之后，“北京”号再次整装待发。我们耽搁了太多时间，必须启程了。曾乔料理完他爸的事儿归队了，老爷子手术很顺利。

这天是星期五，我们拔锚准备起航，被码头上的几个水手拦住了，他们说星期五出海不吉利，黑色星期五，每个月的13号也不吉利。可是我们已经不容耽搁了，一个水手抓抓脑袋说："有一个办法可以化解，你们逆时针开船绕一圈，会把这些霉运都转走，然后就可以出航了。"

这些都是前人的经验和航海者的智慧总结，我们选择相信。开着"北京"号逆时针绕了一圈，回到原地，向这段时间在码头给予我们诸多帮助的这群人挥手告别。

出了港口，到码头的海关办公室结账，被告知今天不能走，海关要上船检查——他们质疑我们开帆船过来的目的，所以要上船检查。这算什么事儿，刚道完别，咱们又回去，这不玩儿人吗？

我和梁红找到了海关办公室，说明了我们为什么会开帆船来美国。海关解释说，因为此前还没有人这么做过，所以他们需要按程序做个检查。我们就给他们看了我们的照片，梁红的婚纱照，以及我们在济州岛、对马岛、阿图岛、荷兰港、阿斯托利亚的照片；还告诉他我们接下来赶时间，要去南极。

听完我们的话，整个办公室的人都很惊讶，一头儿干脆地说："上船检查取消了，所有的检查费用也都取消了。"然后他吩咐手下，以最快的速度，给我们签了各种证件，放船出海。

末了，在我不停地说谢谢的时候，他对我和梁红竖起了大拇指："For dream。"

临别美国，梦想再一次成为了我们的通行证。

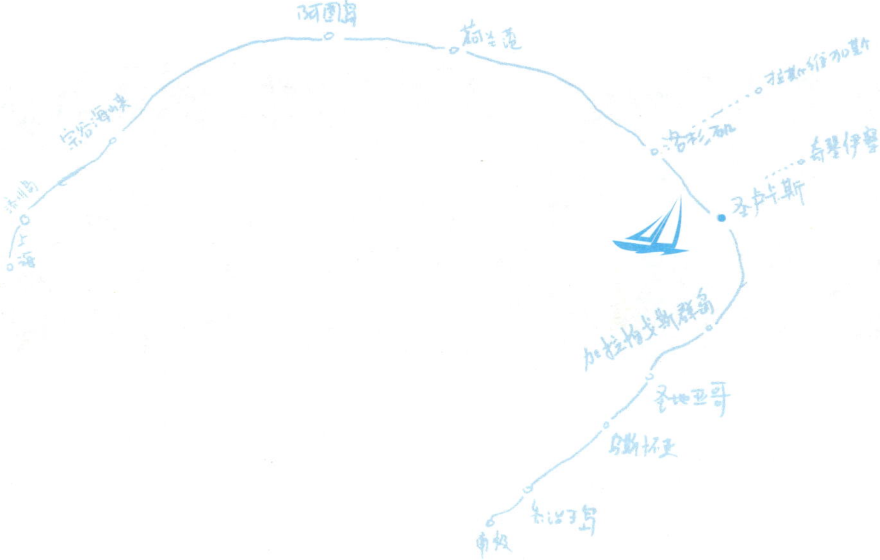

第五章 PART 5 沉浸玛雅

迷从墨西哥

村庄里的旧世纪

圣安东尼奥圣井之谜

探寻“活人祭”

极限摄影师日记

冥冥之中，那些深不可测的秘密，在等着我。

迷丛墨西哥

换了一面新的五星红旗插上船头，原来那一面已饱经风霜。撤下美国的星条旗，换上墨西哥的绿、白、红草帽旗。

下一站，墨西哥，尤卡坦州、梅里达、奇琴伊察。

在我的计划里，这一站是此次航行中，除了南极之外，最重要的一站。我运上船的六吨设备，有两吨是为这一站准备的。我要去墨西哥的丛林里，寻找玛雅文明的遗迹，寻找他们两千年前，用活人祭祀的圣井。

大海似乎明白，此前给了我们太多磨难，离开洛杉矶后，它施与了我们一段风平浪静。天空如洗，轻轻的海风，吹拂着面庞，傍晚还生出来漫天的火烧云，让人心情大好。

一帆风顺地进入墨西哥海域。成群结队的海豚突然跃出了水面，密密麻麻，甚是壮观，出来迎接我们。“这墨西哥海豚真守法，后面就是富饶的资本主义美国海域，居然一只也没有越境。”

似乎不出点儿事故，一段航行就不算完整。离墨西哥海岸线还有 100 海里的时候，船上的自动舵出故障了，“北京”号开始不停地转圈，无法再保持稳定航向。经过检查，是船上的一个自动控制系统的传感器故障了，无法接收指南针的信号。

只能简单修理一下，然后靠岸再找人修。逼不得已，我

(624) 166-0899
RESERVATIONS
@isailCabo
.com
¡SAIL CABO
YUKARI
18

们临时停靠在了南下加利福尼亚州最南端的圣卢卡斯——纯同名，不是美国的加州。作为旅游胜地，圣卢卡斯的港口都那么风情万种，别的地方都是人工建造的船坞，这里却是形态各异的天然礁石，围成一个海湾。

船刚停靠好，就有一个墨西哥人主动上船了。他直接上来对我们说，他可以给我们提供任何帮助，要每小时 75 美金的工资。不便宜。我问他能给我提供什么帮助。他不过脑子就说，你想做的任何事情都可以。我抱着想见识一把的心态说：“我们的船故障了，你能给我做个维修？”

他大手一挥，没问题！此人在我们的船上上下检查了三个多小时，没有找到症结所在。最后还是我给国内的工程师朋友打电话，才找出故障。那人不干了，说没找出问题他可以继续找，但是他已经付出了时间，给我们提供了服务，所以工资必须要给他。

这是我们在墨西哥遇到的第一个人，我们不想得罪地头蛇，付了他 400 美金，息事宁人。码头上的一个老人等他走后，过来悄悄对我们说：“以后你们不要跟这些人接触，他们不是我们游艇会的人，很多人就是招摇撞骗。”

在墨西哥的第一天，我们就当了一回冤大头。

“北京”号的检修还要继续，发现故障，需要更换零件。要命的是，更换的零件需要订购，3 到 4 天后才能到这儿——

咱们等不起。

与此同时，北京的烟斗传来了消息，如果我们继续南下的话，会在墨西哥湾遇到一个飓风。经历过上次的北太平洋风暴团，我们不敢再抱着侥幸心理硬闯了。

怎么办？就地等着的话，南极行程肯定耽误，错过了季节，到时候能不能上南极都是个问题。接着走，我那是拿全船人的性命开玩笑。

蹲在船头，我在脑海里争斗了一根烟的工夫，做了一个决定：船就停在圣卢卡斯做维修，我们弃船上岸，开车斜穿墨西哥，去梅里达。相当于从墨西哥的西北角，开到它的东南角。间隔 3400 公里。

租车也很费事儿，找了一上午，所有的车都太小，装载不了我带来的设备。租卡车的话，我又没有执照。没办法，最后我租了一辆吉普和一辆拖车。人上吉普，拖车载物，吉普拖着拖车跑。

水下拍摄器材、潜水器材、打气泵、气瓶、防水壳、绳索、绞盘、升降机……还有一艘小艇。两吨的登山器材和潜水器材，从船上搬下来，塞进了拖车里。“北京”号的吃水线一下子下降了 10 厘米。

小马拉大车，我们开始了漫漫墨西哥越野征程。

陆地上，一路比在海上还曲折。先北上 200 公里，把车

所谓小马拉大车，就是这么回事儿。

开到渡轮上，越过南下加利福尼亚湾，然后再在陆地上狂奔。沿途经历了各种检查站的检查，每一次检查设备都要从拖车里搬下来。拖车太重，车头太轻，拖车不停地摆动。我速度一旦上去点，简直就把吉普车给甩起来了。上坡时感觉爬不动，下坡时感觉刹不住。倒车、拐弯，都是高难度的技术活儿。

墨西哥的收费站让我苦不堪言，我记得到达目的地的时候，我们过了36个收费站，交了将近1万比索，相比之下，中国的收费站真的不算夸张。除此之外，沿途还遇到了很多警察和军队临检，装卸货物就算了，关键是这伙人还明目张胆地勒索，见钱开闸。

一路下来，墨西哥人给我的印象非常不好，却在最后被一个早点摊的妇女给扭转了。一夜疲劳驾驶，到了一个小镇，我下车买早点。语言不通，我比画着，要50个玉米饼。一路挨宰，我已经准备好了500比索——前一站就是这个价格。妇女忙碌地做完，把饼包好递给我，却没收我的钱，她示意只要50。最淳朴的，永远是底层的人民。

收费站那么多，加油站却特别少。我们的吉普拖着一吨重的拖车、两吨重的设备，外加六个人，油耗特别厉害。满箱油只能够跑200公里，但是墨西哥经常是开了300公里见不到一个加油站。无奈之下，我们只得自己再背上一个加油箱。

冰雹、大雨、浓雾，轮番来袭。开车走在墨西哥广袤的土地上，我有点儿梦回马鲁姆火山顶的错觉。

匆匆赶路，吉普车故障了，把我们扔在了一段高速的中央。左等右等，来了一辆大货车，在英文和中文的夹杂中，终于寻得了说西班牙语司机的帮助。这回开得更悬乎，把吉普车推上卡车的车顶，后面货舱里再装我们的拖车。

带到维修站，我们的小吉普又活了，带着我们闯进了首都墨西哥城。前一阵翻山越岭，如今见到高楼大厦，大伙儿疲惫减轻了不少，探出脑袋看风景，不过很快就被摁了回去——堵车。墨西哥城号称世界上交通最差的几个城市之一，和里约热内卢齐名，果然名不虚传，没一会儿我们就堵上了。那叫一个严实，堵得水泄不通。

一车人都在打盹，我也眯了一会儿。被喇叭惊醒的时候，我一看手表，三个半小时过去了，前面那个车屁股依然在那儿，纹丝未动。

好不容易出了墨西哥城，前面该一马平川了吧，结果下起了大雨，雷鸣电闪，全来凑热闹。在一个前不着村后不着店的地方，一声巨响，拖车爆胎了。路边也没有维修站，冒雨我们勉强着又走了一百多公里，终于见着维修站，雨也小了。

一看拖车轮胎，所有人都蒙了：轮胎已经跑成网兜了。梁红心有余悸地说："老张你刚才要是打个滑，咱可能全部

广阔、茂密……森林与土地，让人有似曾相识的感觉。

都给扔下高速公路了。”

“老张从来都命硬。”好在，快到终点了。

三天急行军，狂奔了3400公里，翻越了6座山，过了36个收费站，前方就是目的地梅里达。

村庄里的旧世纪

祭台上，大祭司在念着咒语，做着仪式，酋长在边上神情严肃地看着。祭台下，是成千上万的玛雅人，他们屏神凝息地抬头看着大祭司。大祭司的面前，两位玛雅武士将一个俘虏摁在石凳上。大祭司徒手挖出俘虏的心脏，举向天空。武士则用牙斧砍下俘虏的头，抛下祭台。下面的玛雅人山呼海啸地欢呼，载歌载舞。

这是梅尔·吉普森的经典电影《启示》里的经典场景。绝大多数关于玛雅文明的电影、纪录片，都少不了这个桥段：活人祭祀。

我对玛雅文明的兴趣，很早就萌芽了。一直想能亲自去探访一次玛雅人的活人祭祀现场。借着这次出海去南极，要经过墨西哥，就把这个计划给敲定了。我不是考古学家，但是我能够去接近历史现场。

关于玛雅文明的每一个故事、每一个传说，都深深地吸引着我。公元前 10 世纪玛雅文明兴起，他们在没有机械的年代，徒手建立起了堪称神级的城邦和神庙；他们在天文、数学上，取得了惊人的成就；他们数的计量单位，大到天体，小到量子，超前了社会发展水平一千年。

他们的知识体系已相当完整，有数学、天文、地理，有历法、法律，有制度、宗教，他们却又像恐龙一样，突然消失了。

他们的科技非常现代化，他们却又有着愚昧的活人祭祀传统。

世界上还没有人能够完整地揭开玛雅文明的历史，我这一趟，只希望能够离他们的历史，更近一点。

我要找的，是一口叫作圣安东尼奥的井，当地人称其为圣井。通过网络我找到了这个井，在墨西哥政府还有专门的编号，后来却发现并不是我要找的那一个，又是一个同名的误会。四个月前，我联系了一个梅里达的当地人，把圣安东尼奥井的照片传真给了他，让其在附近的玛雅人村落里分发，发动群众来帮我找。

一个月前，我们在洛杉矶的时候，梅里达朋友发来邮件，他们有线索了。

在梅里达休整的时候，我和梁红抽空去了奇琴伊察的玛

雅古城邦遗迹。没有游人，残破的遗迹里，依旧显露出它们曾经的雄伟。羽蛇神金字塔、神庙、祭台，以前只在电视中见过的建筑，这会儿全部站到了我和梁红的面前。

这个信奉嗜血神明的民族，他们相信神明赐予他们食物，他们也需要奉献心脏、头颅和鲜血给神明，作为回报。到后来，求雨、节气、庆祝，活人祭祀已经成了他们的传统。

遗迹的中央，我们看到了一座巨大的球场，它就是传说中的死亡球场。墙壁上两米多高处，有一个凸出来的圆形石孔。两个队伍在这座球场里比赛，哪一方把一个四五斤重的球打进这个石孔里，就赢得比赛，一球定胜负。这不是一项娱乐的运动，关于比赛的后续，有两种说法流传：获胜一方的队长，头颅将被砍下来，因为他是被神选中的那个人。另一种说法是，失败一方的队长将被获胜方的队长砍下脑袋，因为他是失败者。

遗迹的墙壁上，还留存着千年前的壁画。一个武士单膝跪地，他没有脑袋，脖子上鲜血喷涌而出。旁边另外一位站立的武士，则攥着他的头颅。形象而血腥。玛雅人相信，鲜血是他们和神明沟通的桥梁。

玛雅人的血腥祭祀，都被刻画在了他们的壁画中。不仅如此，墨西哥境内还留存着为数众多的玛雅人当年用于活人祭祀的溶洞，里面沉睡着数不清的祭品和尸骨。

在城邦遗址外面，我们就看到了一口巨大的活人祭祀圣井。井水污浊，看不见里面有什么，但我知道，里面少不了累累白骨。这个井已经被墨西哥政府下令封闭，任何人都不得下潜。

历史上的每一个文明，都是依河而生、发展，幼发拉底河旁边的苏美尔文明、长江黄河流域的华夏文明，皆是如此。但是在玛雅文明的发祥地，别说大河，一条小溪都看不到。他们的用水来源于这片丛林里数不清的地下溶洞。玛雅人认为溶洞是神明的诞生地，也是他们死后进入冥界的通道，因此他们在地下溶洞里挖掘了很多口井，用于活人祭祀。

回到梅里达，这里有一百多口井，但想要找到一口祭祀用的圣井，并不容易。那位本地朋友充当我们的临时向导，带我们就近去了市区里的一口圣井。井口摆着一个巨大的人头石雕，他说是从这口井里挖出来的。

这口井被围上了栅栏，显然这儿已经成了一个景点，还专门修了楼梯，供人下去。井内是一个差不多篮球场大小的溶洞，顶部有很多还在生长的钟乳石，还有一个供人参观的平台。水非常清澈，我看不到里面有什么东西。我问向导，这口井里，有祭品和尸体吗？

他摇头，没有，这只是一口供村子里的人喝水用的水井，不过也有上千年历史了。

接着，向导把我们带进了一个玛雅后裔居住的村落，还给我们介绍了村里的大祭司米尔科，这位祭司笑容憨厚，没有华丽的头饰，没有穿透鼻子和嘴唇的狼牙、犬骨，和普通村民并无二样。向导还介绍了一位身材敦实的玛雅村民哈奇德。哈奇德此前从未见过东方面孔，见到我们很高兴，邀请我们去他的家。

一座矮小的泥土房子，屋檐非常低，进门都需要低头，以示对屋主的尊重。

家徒四壁，这是玛雅人的家给我的第一感觉。一栋房子就一个房间，厨房、卧室、客厅，全在一起。奇怪的是，屋子里没有床，甚至连椅子都没有，只有系在房梁上的两个网兜吊床——这就是他们的椅子和床。玛雅人的房屋简陋，经常有虫子和蛇钻进来，为了防止在睡觉时受到攻击，于是他们发明了这种吊床。

抬头，晒干的玉米铺在房顶上，防雨。墙壁是红泥糊稻草，再加木头。这些都是典型的玛雅人建筑风格。

中午时分，哈奇德的母亲、妻子和一双女儿，开始给我们准备午餐。几张玉米饼，一盆驴肉，几个墨西哥小辣椒，还有他们特制的饮料，以及在丛林里采摘的水果。好客的玛雅人，给我们端出了他们最丰盛的菜肴。

一贫如洗的玛雅人，拿出如此丰盛的午餐来招待我们，我再一次被感动了。香烟又一次成了我和他们之间建立友谊的媒介。虽然语言不通，借助于翻译的帮助和丰富的肢体语言，我们也聊得非常融洽。

我问哈奇德，你觉得自己是玛雅人吗？他说只能说是玛雅后裔，因为他们甚至都不了解自己祖先的历史。他会说玛雅语，但是他们的文字已经失传了。这个世界上，还没有人能完整地知道他们祖先的历史。

梁红对玛雅人的吊床很感兴趣，问哪儿可以买到。哈奇德推出他的车——一种特有意思的交通工具，类似于北京的三蹦子，但是车厢在前面，司机在后面蹬，推着人走。哈奇德让我们上车，他载着我们来到哈奇德叔叔的家里，他是这个村里唯一会做吊床的人。一进家门，梁红就被屋子中央的一个吊床吸引住了，花花绿绿特别喜庆，而且很大，两个人躺都绰绰有余。我俩上去试了试，居然绷得住，质量不是一般地好。

遗憾的是，哈奇德的叔叔说，这个吊床是村里的一对要结婚的新人预订的，是他们的婚床，不能卖给我们。梁红不舍，特别想要，说我们俩也要结婚了。让我们感动的是，哈奇德的叔叔连夜跑到那对新人家里，征得他们的同意之后，终于把吊床卖给了我们。

玛雅后裔的扎实生活。

玛雅是古老的，爱是永恒的……

圣安东尼奥圣井之谜

在我的一再请求下，向导也帮忙游说，米尔科、哈奇德和他的几位朋友，终于答应带我们去找传说中的圣井，圣安东尼奥井。

此行我是准备要下潜到圣井深处的，为了保险，我在墨西哥城雇用了四个潜水教练，三男一女。这会儿他们也都到了梅里达。我们的临时探险队，就这样组建起来了："北京"号一行六人，四个玛雅兄弟，还有四个潜水教练，一个翻译。四个玛雅兄弟上车时，一人揣了一把砍刀，我们有些吃惊：莫非丛林里还有危险？是人还是猛兽？

吉普拉着拖车，在山里艰难前行。很多地方道旁的树枝杂草淹没了山路。四个玛雅兄弟立马跳下车，挥舞着手里的砍刀，为我们开路。原来砍刀是做这个用的。一路上，我们还遇到了几个骑马的少年，还看到了几匹死在路边的野鹿。

颠簸了一个多小时之后，我们终于到达了目的地。在一块空地上，我们刚下车准备扎营，一群蜜蜂嗡嗡来袭，非常不友好，追着我们叮，把我们又逼回了车上。

来不及上车的几位玛雅兄弟，马上站立在原地，一动不动。接下来米尔科迅速趴倒在地上，给我们打手势，示意给汽车熄火——正是发动机的声音，招惹来了蜜蜂。等了好一阵，蜜蜂数量有所减少，但还是有一些不肯散去。

哈奇德和米尔科见状，冒着被叮的危险，去捡了一些柴棍点燃，然后在上面盖上青草和树枝。浓烟冒起，蜜蜂很快就散去了。米尔科被蜜蜂蜇了好几下，他只是轻描淡写地挠了挠，笑着说没事儿。好在这些是人工养殖的蜜蜂，毒性不大，如果是野生蜂，蜇几下是能致命的。

两棵歪脖子树下，露出一个方方的井口，两米长一米宽，里头一汪碧水，看不见更多内容。米尔科说，这就是传说中的圣安东尼奥圣井，一千多年前，玛雅人活人祭祀的地方。

我有点儿迫不及待地想下去。为了这次探险，我做了很多准备，包括无数次的潜水训练。但是老实说，洞穴下潜还是第一次。在国内，我根本没地儿练习。

一些有过洞穴潜水经验的朋友说，洞穴下潜比在开放水域潜水难多了，而且危险系数也很高，需要非常注意水下的环境，一旦装备被复杂的岩壁钩住、氧气罐被卡住，都可能把人活活闷死在里面。而且还不能随便上浮，上面都是钟乳石，一个不留神氧气瓶就会被刺穿。

看着狭窄黝黑的井口，梁红格外紧张，拉了拉我，问我确定要下去吗，是否可以考虑放弃，让几个专业的潜水教练带着水下摄像机下去拍摄就可以了。我坚决地摇了摇头，我不可能放弃。

动手在井的周围扎了几个稳固的支架，挂上滑轮。它必须要支撑我和装备的重量。地面工作准备完毕后，身为大祭司的米尔科说，圣井是神的居所，下潜之前，他要为我做一个特殊的仪式。不仅是为我祈福，更重要的是征得神明的同意。

米尔科低着头，紧闭双眼，双手摆在两肩前方，嘴里念念有词，我完全听不懂，只听明白了“Zhang Xinyu”三个字。完事了，米尔科又跟向导说了几句话，让转达给我们：

“井里的所有东西，都是神明的。你只是得到了神明的许可，被允许下去看看，但是你不要打扰神明，不要动里面的东西，更不要带什么东西出来。”

卸下拖车里的装备，再检查一次其性能，测试支架和绳子的负重，然后交代上面如何协助我。一切准备完毕，我准备穿潜水服的时候，又出意外了。两个我雇用的潜水教练带着两个陌生的当地人闯了进来。

看他们的表情，我就知道是勒索来了。果不其然，一番交涉，是来要钱的。我们的玛雅朋友们看不下去了，上去帮我们说话，说我们得到了墨西哥政府和梅里达政府的许可，他们凭什么来要钱。

两个当地人掏出一张纸，文字我不认识，也没有签名没有盖章。他们说这是地契，圣井所在的这块地是他们的。其实这事儿没法证明，说白了就是明目张胆地勒索。

异国他乡，深山老林，我不愿多生事端，情愿破财免灾。让我担心的，是那两个潜水教练——也可能是四个。那两个本地人是他们带来的，明摆着是串通好了来讹我们的。我一一扫视几个潜水教练，带人来的那两个躲开了我的目光。

这样的人混在了我们的队伍里，我不得不重新考虑这次下潜的安全性。

探寻“活人祭”

有的选吗？没的选，我们开了一万多海里的帆船，开了3400公里的车，跨洋越海，翻山越岭，来到了这里，我们，我，不可能回去。

无非求财，在外面，钱能解决任何问题。这是向导告诉我的，我也就释然了。不管那几个潜水教练动的什么心思，他们无非就是想要钱，咱们还这么多人呢，谅他们也不敢造次。

打发掉了前来勒索的村民，我们就继续紧锣密鼓地准备下潜工作。

我先要完成一次试降，下到半空，先看看里面的环境，不入水。别看井口很小，下去3米左右，里面的空间就变大了，我的头灯照不到墙壁。没有光照进来，我的能见度非常有限。我原以为，见光会飞出来一些虫子或者蝙蝠，可并没有，非常干净。这让我对之后的下潜充满了期待。

我在井内大声向上面报告情况，引起了几个玛雅兄弟的恐慌。我这才意识到，在圣井内喧哗，是对他们神明的不敬，赶紧闭上了嘴巴。探险，我们更应该把敬畏心摆在第一位。

天色渐暗，今天就只能完成这一次试降了。潜水教练们要回到梅里达，明儿早上再回来，我们则打算在这里露营。对此玛雅兄弟们有些担心，他们说晚上丛林里会有很多野兽，美洲豹、响尾蛇什么的。我看看我们这么多人，还有几辆车，应该没什么问题。哈奇德和他的一个朋友自告奋勇留了下来，保护我们。

哈奇德告诉我们，其实活人祭祀这个风俗，在某些村落，到现在都还存在。他们的大祭司，每年都会从周围的村子里选出一个15到17岁的少女，投献到圣井里，以祈求神明保佑孩子们身体健康、这片土地风调雨顺。

闻言骇然，可是我们没有理由去谴责这种行为，这是这个民族几千年流传下来的传统，不是一个人或者几个人能左右的。

天亮了，经过昨天的试降，没什么大问题，我们就先放小艇进去，然后魏凯带着设备上小艇，去拍摄溶洞内的环境，待检测数据回来，我们绘图，为终极下潜做准备。

魏凯小心翼翼地下去了,对讲机里他的声音有点儿哆嗦。他说:“水面挺干净的，溶洞挺漂亮的，但是想想脚下面有那么多人的尸骨，心里难免犯怵。”

顺利取得数据，整个圣井的格局很快就被画了出来。它的切面，就像化学实验里的烧瓶，但是瓶底不是平的，像山峰一样跌宕起伏。正中间是一块突起，两边则是峡谷，左边还有一个斜坡。

制定好下潜策略，我开始给上面的人分工。曾乔负责控制绞盘，魏凯放绳子，小宇盯着发动机的油量，梁红则负责水下通信。

万事俱备，我正准备往身上套潜水服的时候，一声晴天霹雳，下雨了。天公不作美，今儿下潜的计划泡汤了。下雨会让溶洞内的水变得浑浊，而且还可能引起局部坍塌，绳索、绞盘甚至支架，都可能滑动。

等了几个小时，雨没有要停的意思，反而有愈下愈大的趋势。天擦黑，几个玛雅兄弟要离开了，他们要回村子里吃饭了，给我们留了一盘子不知道什么肉，还有一个烤炉和一包木炭。大祭司临走前，把我叫到了一边，他今天来时带了一把猎枪。他把枪交到我手上，说他们不在，我要负责保护大家的安全，这儿真的有美洲豹。末了，还手把手地教我怎么使用这猎枪。

为了确定我学会了，大祭司让我开一枪试试。可能因为子弹受潮了，也可能因为枪管进水了，前面两颗子弹都放了烟花，到第三颗才打响。几个玛雅兄弟这才放心地离开。

又一夜宿营，雨下了整夜。我们把帐篷拼了起来，在里面烤肉。我当年在北京街头烤羊肉串的手艺还没丢，勾起了所有人的食欲。这一顿丛林雨夜烧烤，让所有人都吃得兴致盎然。

玛雅兄弟太无微不至了。他们的神奇，还远未结束。

第三天早上，小雨还在淅淅沥沥地下。我一脸认真地对大祭司说，请他再做个仪式，让雨停吧。大祭司听了，毫不犹豫地站了起来，一脸严肃地把杯子里的水倒在手上，再洒进圣井里，然后继续做着一些手势，嘴里念念有词。他刚做完，雨真的戛然而止，天边太阳也露出了头，天晴了。

所有人都目瞪口呆，但是四个玛雅人觉得没什么，好像这事儿很正常似的。我是唯物主义者，我的伙伴们觉得这是巧合，但是眼前的事实让我更愿意相信，这是大祭司跟神沟通之后，请求雨神恰克让天放晴。其中有一种神秘的力量。

不要忘了，他们是神奇的玛雅人。

漫长的等待过后，终于可以下潜了。考虑到洞穴潜水极高的危险性，我临时取消了梁红跟我一起下潜的计划。洞穴里面地形太复杂，在水下我很难照顾别人，加上我俩之前都

"好事多磨"，可谓怪力乱神。

没有经验，她不下潜是最好的选择。

大探灯下去，终于把整个溶洞的全貌展示在了我的眼前。历经千年的冲刷和生长，这儿的钟乳石令人叹为观止，再加上环境使然，自然而然产生的历史厚重感，更加让人感到震撼。

潜水服、防水面罩、脚蹼、氧气罐、拉索、通信器。我武装到了牙齿，率先下到了水面，四个潜水教练也陆续被放了下来。在潜水界有一个名词，叫“潜伴制度”。洞穴潜水，不存在个人主义。经验最丰富、技术最高超的潜水员，都“挂”在水里了。这是一个极度需要互相配合、互相帮助的项目。

在水面，最后一次测试设备，临阵我的通信设备故障了。折腾了 20 分钟，我放弃了。可能这是玛雅之神希望我们在水下能够安静一些。无所谓了，我能听到梁红的声音就够了，这样我的心里就会有安慰。

冲她挥挥手，我潜下去了。水里的空间一下子比水面大了好几倍。听不到任何的声音，只有自己的呼吸。关掉手电，没一丝光渗进来，漆黑一片，让人怀疑自己的眼睛是不是睁开着。

继续缓缓下潜，让耳朵适应水下的压力，渐渐地，我看到溶洞的底部，散布着很多不规则的石头，上面覆盖着大颗粒的沙子。这是个积极的信号，大颗粒沙子不会因为我们的游动而被带起来，导致水底浑浊。一条遍体白色的鱼儿，安静地趴在那里一动不动，它的眼睛已经失去了看东西的能力。我没有靠近它，生怕惊扰到它。

沿着一个坡向下，手电筒的光束里，突然浮现出一个人的头骨。空洞的眼孔，直勾勾地盯着我。我不敢和它对视，躲开了目光。这种感觉，既神秘，又恐惧。

此外，随着水底水道的变化，乱石逐渐增多。我有些庞大的身躯在里面辗转腾挪相当吃力，氧气瓶在水底乱撞，“铛铛”作响。

随着下潜的深入，越来越多的头骨和一些人体其他部位的骨头，散落在水底，还有一些千年前的陶制品。骨头越来越多，密密麻麻，皑皑成群。越看我的恐惧感越深。

紧张和恐惧，让人呼吸急促，导致二氧化碳在我的肺部聚积，我的眼前一度出现了幻觉。我把眼睛闭上了几秒钟，脑海里全是这些人在祭祀时被扔下来的情形。她们号叫、挣扎，她们在向我求救。

一个潜水教练游过我的身边，发现情况不对，拉了我一把，我才猛然惊醒。眼前，又是一颗散发着幽幽寒意的骷髅。

我不忍再看，选择上浮。

钻出水面的那一刻，看着梁红，我不知道自己是什么表情，一时有些失语。来之前做了那么多的准备，就是要寻找

玛雅人活人祭祀遗址，但此刻，我更想相信那只是一个传说，不是真的。

极限摄影师日记

独自一人在船上等待的日子很惬意，墨西哥的圣卢卡斯的风景很美，烧了我不少胶卷。船长和水手们去了 3400 公里之外的尤卡坦半岛，探寻玛雅人的活人祭祀圣井。

我是一个极限摄影师，以前的工作都是上高山，爬峡谷，跟船出海是第一次。船长从朋友那里得知有个摄影师不恐高、不怕水、不晕船，就把我给强征来了。

大伙儿风尘仆仆地回来了，船长老张情绪有点低落，梁红说是因为跟玛雅后裔伤离别了。他每次都是这样，总是很容易和土著成为朋友。但是其他人兴致都很高，没有长途旅行的疲惫。原来老张在下潜圣井之后，把每个小伙伴都放下去，亲眼见见千年前玛雅人祭祀的溶洞，实在太震撼。

除了我之外，船上又新增了一个船员：老陈的爱人王佳，说要跟着感受一下丈夫经历过的风雨。这事儿船长好像不同意，曾有老船长告诫过他，长途航行，船上一定不能带女人。当然梁红是个例外——她的意志力比绝大多数男人都要顽强。船长面子薄，拗不过王佳，这事儿就交给梁红来处理了。她开始也很犹豫，但最终还是心一软，答应了。她说："接下来的一段路很安全，都是朋友，应该不会出什么岔子。"

老张令旗一挥，"北京"号拔锚起航，向哥伦比亚进发。

看来我错过了许多精彩，我向往的狂风暴雨没有来，这十几天在海上走得很平静。作为一个摄影师来说，这太枯燥了，蓝天白云、海鸟划空、海豹畅游，这些听上去很美，但是在摄影师的镜头里，拍几张就足够。我需要的，是能拍出来的故事。

到真正发生故事的时候，我却不能拍了，躺下了，因为食物中毒。

我上船没多久，天天罐头泡面炒饭有点儿腻，说想喝粥，但是小宇、曾乔和老张都说不会熬粥，所以一直没吃成。这天老陈一觉睡醒，可能也是饿了，说咱把昨儿的剩米饭熬一锅粥吧。

老张、魏凯和小宇当时在补觉，也没叫他们。我们把一锅粥瓜分干净了，真解馋。

吃饱了人犯困，我迷迷糊糊一觉睡到下午，起来的时候感觉特乏力。好不容易撑到甲板上，风一吹就感觉不行了，肚子里的东西疯狂地往上涌，赶紧冲到船舷，一顿翻江倒海地呕吐。——难道我晕船了？

一回头，梁红坐在后舱船舷那儿对着我苦笑：“都下窝子（鱼饵）准备钓鱼了？”显然，她也吐了。话没说完，曾乔也跑出来一顿哇哇吐。

整整一下午，我完全爬不起来，就趴在那儿，感觉随时都有东西要从喉咙里冲出来。

晚上老张起来，一看我这模样就笑了：“小样儿，还说不晕船，我船上没有能顶得住的摄影师。”他再一看其他人也都是一副病恹恹的模样，顿时严肃了起来，问我们都吃什么了。

奇怪的是，老陈自己没事儿，就是有点儿难受，但是不晕也不想吐。老张追问他在粥里放什么了，老陈挠挠脑袋，想了想，说：“当时就感觉有点儿馊……”

老张当时就火了：“船上什么问题都能出，饮食别给我出问题。以后剥夺你做饭资格了！”

得知是一碗粥惹出的惨案后，我比较崩溃，几乎把胆汁儿都吐完了，这种难受的感觉，在我此前的人生里，真的从来没有经历过。在呕吐之前，船的晃荡对我来说没什么影响，现在就不行了，微弱的飘摇，在我的感觉中就像地动山摇，天崩地裂。整个身体已经完全没有抵抗力了，不再受自己的意志所控制。

我面如死色地躺在甲板上，心里就一个感觉：完了，完

了，我要死在海上了。如果能活着出去，打死我也不会再来了，这不是人干的事儿。此时，我特别地崇拜梁红。她从上海出发时就开始晕船，而且经历过那么多惊涛骇浪的考验，她的那种难受的感觉，该有多极限啊！她居然能够坚持到了这里，还有后面到南极的遥远路程。吃饭的时候，明明吃不下，她也会逼迫自己多吃一点。面对每一个人，她总能给人以笑脸——全是动力。她，只是个女人。

船长老张，在这几天也让我佩服得五体投地。上船之后，每天都会有些小意外发生，这个设备失灵、那条线路短路、船舱进水什么的，我当时就慌张得不行——这个怎么办啊，船要沉了，我们走不了了，等等。扭头却发现，船上就我一个人在紧张。小宇说："船长在呢，你看天上——天空飘来五个字：这都不算事。"

神奇的老张，每次都能化险为夷。船上出了任何一个故障，他只要蹲在甲板上，淡定地抽几口烟、安静地琢磨琢磨，他就知道故障在哪儿，然后就开始独坐中军，调兵遣将："小宇去看看水位情况，曾乔去检查一下水泵的阀门和胶管，魏凯去看看尾仓的出水情况。"然后他自己处理水泵的核心问题，很快就能把故障解决掉。他是一个机械天才，如果生在战争时期，他绝对是一个顶级的工程兵。

老张自我形容是一块五花肉：肉、香烟、盐。我觉得还不甚贴切，他的大脑是个机械库，里面全部是机油、油管、电路，还有各种机械零件、齿轮。每次发现他在想问题的时候，我仿佛能看到他脑子里面，有很多机油在不停地流动。还有他的心脏，也是结构特别，是用纯不锈钢打造的，防风防水，抗腐蚀，还抗压。他的头脑和心脏唯一的共同点，就是都装着一样的伟大梦想。

出于一个摄影师的习惯，我特别想把船上的每一个人，都用镜头记录下来，然后描述到这里。

从年龄上讲，小宇还是个孩子，他也是船上最听话的那一个。很吃苦，很勤快，饭后收拾碗筷的事儿，基本上是他包圆。他也很善于观察。遇到两人在说悄悄话，他会马上走开；船长需要打下手的时候，他肯定是第一个跳出来的。听说他是中央美院的硕士，我还特意去观察过他的画，师从何家英，颇有神韵。

曾乔是我至今没琢磨透的一个人。一直到下船，我发现自己还是一点儿都不了解他，比如昨天还能聊得很嗨，知无不言，言无不尽；到今天，他就突然不搭理你了；昨天信誓旦旦的事儿，这会儿也能矢口否认。做任何事情，老感觉他似乎是在憋着一股劲儿，他自己不痛快，旁边看着的人也很不痛快。但是他也从来不跟人说，自己的不痛快在哪儿。这是一个从来都不表述自己内心的小伙伴。

魏凯是全天候晕着的，我很难见到他站着的时候，对他的印象，也只有一张勉力支撑苦笑的脸。他已经进化到一种自我麻痹的状态了：不出舱就看不到海，在潜意识里告诉自己，现在就是在家里，可以看书、看电影、听音乐；至于“家为何在摇晃”，就当轻微地震。最难受的，就是他看女儿照片的时候，苦着脸很可怜的样子：“我就想听她哭一声。”

老陈是个话不多的人，也不怎么活动。值班的时候在驾驶舱看小说，不值班就躺在内舱看小说。手机没电了，换iPad看。要睡觉了，一关机器就着，醒了接着看。每次碰到他，只能看到他低着的后脑勺。

船上的每个男人，都是大平足，包括我自己。有句老话说，平足的人走不了远路，都是守着家门的汉子。这艘船上的大平足爷们儿，却全都跑到了离家万里的地方。

另外一件让我这辈子再也不想经历的事儿，就是在船上睡觉。

船上内舱有两个房间，老陈和爱人占据一间，剩下一间是我、曾乔和小宇三个人睡。因为曾乔有洁癖，小宇基本不进来睡，他睡在餐桌的沙发上——那原本是魏凯的位置，但晕船晕得难以自制的魏凯已经把床铺挪到餐桌下了，睡在桌子腿和沙发之间。

另外一个沙发，是属于梁红的。船长老张，则从来不进舱睡觉，他一直睡在前舱门那个位置，把自己卡在中间。最开始我说他这是“作”，后来才发现，他这样睡觉是最安全的，因为船不管怎么在风浪中倾斜，老张的腰都能被门框卡住，摔不出去，也翻滚不了。

在船上，做任何事情的前提，就是要先固定好自己。不管是做事、吃饭、睡觉，还是上厕所，如果不把自己的身体固定好，就会出各种意外——在甲板上会掉到海里、在船舱里各种磕磕绊绊、上厕所的时候会尿到自己身上。

在每天如此痛苦的情况下，如果不是梁红在船上，我估计我早就跳海选择一了百了了。在某种意义上，梁红已经成了我的精神偶像。每到临界点的时候，我就这么告诉自己：梁红一个女人都能坚持，我为什么不能坚持？这关乎一个男人的尊严。

我曾单独问过梁红，这么难受为什么要一直走下去。

“因为我爱 270，所以我要跟他在一起，他去哪儿，我就去哪儿。”任何建立在爱情基础上的事情，都是如此的纯粹，不需要理由。

无论自己的身体多么饱经磨难，我还是要感谢这一次航行。一个摄影师的世界，全在镜头里。在风和日丽的天气里，海上特别通透，能拍摄到 100 公里以外的景色，颜色纯正。我想象中的世界，就应该是这个样子。

晚上的大海，在没有月亮的夜晚，天上繁星点点，海洋里的微生物发出闪闪银光，一闪一亮，海天呼应。月亮出来的时候，时常有薄薄的云飘过，整艘船就仿佛披上了银纱。一些军舰鸟划过月亮，围绕着我们的桅杆盘旋。

日出日落，朝霞、晚霞、火烧云，在这些让人震撼的景色里，我觉得浑身毛孔都舒张开了，经常忘记了按快门。老张说："这才是我们这个世界的本质。"

神往。

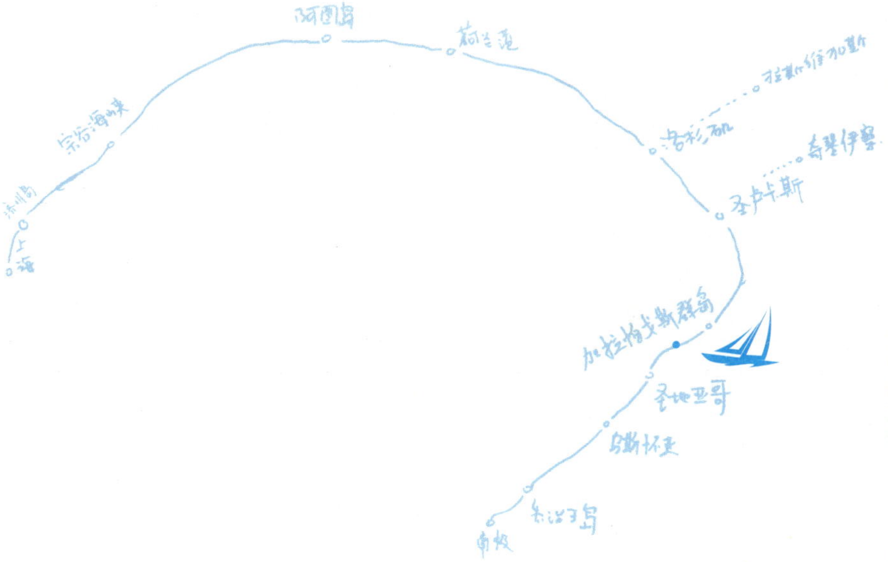

第六章 PART 6 南极！南极！

放逐灵岛

再见，水手！

命悬沉船湾

爱在“尽头”

抢滩南极

企鹅是我们的伴娘！

放逐灵岛

哥伦比亚发生了武装革命，“北京”号即将登陆的港口，被游击队占领了。

按照我们的计划，船出了墨西哥的圣卢卡斯，沿着中北美海岸线走，穿越巴拿马运河，进入加勒比海，然后进入大西洋，沿着南美大陆的东海岸直下，再直奔南极。

但是刚出了圣卢卡斯，我们就被迫改变了航线。第一个原因是，如果走既定航线，路程相对较远，我们肯定会错过南极的登陆季，到时候想登陆南极几乎不可能，只能等来年。第二个原因是，根据烟斗的气象报告，我们出了巴拿马运河进入加勒比海之后，会撞上一个飓风团。

权衡之下，我做出了修改航线的决定。

经过半个月的风平浪静之旅，眼看南美大陆的海岸线已经触手可及，却传来了哥伦比亚发生了武装革命的消息，游击队占领了几处海港。我们提前办理好的通关文牒，失效了。

无奈之下，只能再次更改航线。看着海图，我看见了一个熟悉的地方，加拉帕戈斯群岛。

此前我们从来没来过，为什么说熟悉？我在一部纪录片里面看过，一位巴拿马主教，在 470 多年前发现加拉帕戈斯群岛的时候，发出了如此的感慨：“我们来到了一座神秘的岛屿，这里的土地和生物，就像是来自地狱，当我们挖一口井时，却发现井里的水居然比海水还咸。这一定是个被诅咒的地方。”

主教说这里是被诅咒的地方，厄瓜多尔人却说，这里是他们国家最美的地方，甚至是全世界最美的地方。

1835 年，26 岁的达尔文曾到达这里。这里独特的生态环境，为他的“适者生存”的进化论提供了坚实的事实依据。

加拉帕戈斯群岛由 13 个主岛和 19 个岩礁组成。这里汇聚了世界上最多的珍稀动、植物种，被世界遗产委员会列入“世界遗产名录”，被人称作“独特的活的生物进化博物馆和陈列馆”。这里是真正的人间天堂，我们没有理由错过。

两只海豚在为“北京”号导航，带着我们靠近加拉帕戈斯群岛的圣克鲁斯岛。离岛还有几海里的时候，岛上的工作人员就驾着小艇迎上来了，例行检查证件和船载物。最后领航，带着“北京”号到达一个指定地点抛锚，并告诉我们，未经允许，船不能随意开动。

原来，加拉帕戈斯群岛没有码头，因为修建码头会破坏岛屿的生态环境。为了避免伤害岛架和近海动物，加油、加水也全是从陆地运到船上的，而大型船只则更是不能靠近岛屿。看来厄瓜多尔人对我们这些外来的游客很矛盾，他们希望世界上更多的人来了解这里，但是又害怕游客们破坏这里的环境，以及带来病菌。

摆渡船载着我们登岛，一条海豹挡在了浮桥上。工作人员示意我们绕行，不要打扰它睡觉。拦路的海豹还是醒了，冲着我们吼叫，似乎是对我们惊扰它的好梦表示不满。

在加拉帕戈斯群岛，人类永远是客人，这些动植物，才是主人。

放眼望去，看不到一丝杂质，甚至空气里都没有灰尘。一切，都是大自然最原生态的面貌。一群海鸟从岛上展翅起飞，然后瞬间又一起急停，集体一头扎进海里，激起水花无数。一些珍稀的野生鸟，悠闲地在浅海处漫步、觅食。滩头、水里，憨态可掬的海豹们，在悠然自得地仰泳、翻滚、晒太阳，互相挠痒痒。

远处的山头，烟雾缭绕，稀薄的云朵，飘过山腰。而怪树嶙峋，不像是真实生长在那里的，仿佛一件件艺术家精心雕刻的艺术品——或者说，再伟大的艺术家，也雕刻不出来如此形状。

坐在海岸边的石头上，几只海鬣蜥从海里爬了上来。它们怪异的外形，会让胆小的人害怕——脊背上全是角质尖刺，五彩缤纷的鳞片，眼睛鼓鼓地凸出……一副上古怪兽的模样，这完全就是科幻片里的变异大蜥蜴，哥斯拉的原型。海鬣蜥是史前动物，它们的历史比人类还悠长，已经存活了几亿年

隔绝。

在意巨龟年龄的人，都是失眠者。

岛了。亿万年前的伙伴恐龙早已灭绝，陆龟们却依然坚强地活着。直到海盗们到达了这里，他们发现陆龟能吃之后，就开始疯狂捕猎它们，临走时还带走了大量陆龟，养在船上，边走边吃。海盗们的行径，给陆龟带来了毁灭性的灾难。

在我们去寻找陆龟的途中，一群山羊横穿马路，狂奔而过。当地人说，这些野生山羊曾经给陆龟带来很大的麻烦。最初岛上是没有山羊这个物种的，是后来被居民带过来的，并迅速繁殖，数量日益庞大。

同样吃树叶的陆龟，觅食的速度是拼不过山羊的，导致很多陆龟被饿死。最后为了处理这桩动物界的纠纷，厄瓜多尔政府派来了狙击手，猎杀山羊，严控它们的数量。毕竟，陆龟的数量已经非常少了，而且它们，才是岛屿的主人。

离开岛上居民的生活区，我们在路上终于遇到了缓慢爬行的陆龟。它们每一只都有两三百斤重，见到我们，还会缩进去四肢和脖子。陆龟与海鬣蜥、海豹等其他不害怕人类的动物不一样，它们在这里，曾经遭受过人类残忍的猎杀。一位自然保护区的负责人告诫我们，拍照、拍摄都可以，但是尽量不要靠近陆龟，不要吓到它们。

这位负责人还教我们怎么分辨陆龟的性别和年龄。它们的背甲像年轮似的，可以判断年龄，我们试着数了数遇到的几只陆龟，都在三百岁以上。它们出生的时候，中国还在清朝。

呼吸得久一点，活得慢一点，再慢一点……美好的祝愿。

看着缓慢行动的乌龟，它们古老的龟壳、粗糙的皮肤、陈旧的颜色，总给人以历史的厚重感。一只陆龟安静地趴在石头上，伸出脑袋望向天空，仿佛在守望着时空。亿万年过去了，它们见证了这个地球最漫长的岁月。

再见，水手！

我和梁红被“抛弃”了。在大伙儿告诉我要离开之后，这是我的第一想法。气愤、暴怒、不解，还有过去六个多月的回忆，全涌了上来。

从加拉帕戈斯群岛出来，“北京”号进入秘鲁海域，在首都利马短暂停留，补给之后，马不停蹄往南美洲第四大城市智利首都圣地亚哥进发，停靠时费了点儿劲。因为原计划走巴拿马运河路线，我们压根儿就没办智利签证。

船开到了港口，海关坚决拒绝我们办落地签，不让船进港，人不准上岸。我们费尽口舌，陈列各种证据，海关依然无动于衷。说不给签就不给签。

最后解决问题的，是几罐茶叶。当我把几罐从中国带来的茶叶递到海关检查官员手里的时候，他一直冷冰冰的态度瞬间就变了。“行，跟我办理手续去吧。”

一路盖章，每个地方交个几美元，咱们终于在圣地亚哥落地了。智利海军还给我们下了一道特别通牒：每天早、晚八点，向他们报告具体所在位置。

到达圣地亚哥，我们的整个南极航行计划，就走了三分之二了。

老陈的爱人王佳，原计划在这里下船。我们找了个饭店，摆了一桌送别宴。席间，老陈提了一个疑问："我们现在已经比原先预计到南极的时间晚了一个月，气温、气候，还有风浪都变了。后面的路，老张你有多大的把握？咱们是不是要继续往下走，你能不能承担可能带来的后果和责任？"

饭桌一下子都安静了下来，所有人都看着我。我听出来了话外音，两层意思：第一，这应该不是老陈一个人的问题，大伙儿都想问，他是代表；第二，有人想下船了。

实话实说，我根本没想到他们会问我这种问题。既然是船长责任制，我会对船上的一切负责。我想了想，说："咱先好好吃完这顿饭，剩下的事儿回船上再说。"

一个公开的船上会议。我有责任也有义务，告诉大家接下来的路的情况："风更急，浪更大。过杀人西风带，以及登陆南极很危险，比东海的雷暴、白令海的风浪，以及出荷兰港的北太平洋风暴团，更难走。"

风险评估我必须告诉大家，骗着大伙儿跟我走，跟在新知岛不告诉大伙儿有地雷不一样。有地雷我先蹚，我可能会死，但是大伙儿没事。过杀人西风带，每个人都可能会死。

其实，在老陈提出来那个问题之前，我脑海里压根儿就没有死、没有过不去这个想法。我觉得那么多困难我们都熬过来了，只要大伙儿在一起，没有迈不过去的坎，没有过不去的浪。

接下来，是大伙儿做出自我选择的时候。我信心满满，六个多月都一起过来了，眼看着就要到南极了，那是我们梦想的彼岸。几经生死，不会有人在这里认㞞。梁红则没我乐观，显得有些担心。

“老张，我和王佳一块儿走吧。家里上有老下有小，孩子才 9 岁，已经出来半年了，我觉得已经够了。”老陈先说话了。

“行。”老陈要离开，我并不是太意外。在荷兰港的时候他已经提过一次，后来在洛杉矶见到女儿，再到王佳上船，他回家的愿望是越来越强烈。“你们夫妻双双把家还吧，路上小心点儿。”

我满怀期待地等着其他人表态。

“老……船长……”魏凯有点儿怯懦地开口了，“你看我在船上就一直晕着，还需要大家照顾我，自个儿心里挺过意不去的，我是大家的负担。去南极的路不好走，你们更应该轻装上阵……要不，我也跟老陈他们一起回家过年吧。”

我愣了一下，这确实是我没想到的。“出来的时候，我女儿眼睛刚睁开，现在都会满地爬了。女儿的成长里，这一段儿我感觉特别的空。我想看见她笑，听见她哭。”魏凯接着说，“这次出来，我就是想给女儿做一个榜样，到这里，我觉得已经足够了。”

从奥伊米亚康开始，魏凯跟我走过了每一站。哪怕他在船上晕船，只能躺着，但是能一路坚持到这儿，也非常难能可贵。很多时候，队友在一起并不是一定要做什么，而是彼此能够感受到那种互相支持的力量。

我有点儿泄气了，抽着闷烟，没有说话。小宇慢慢地挪到了我跟前：“船长，我也想离开。”

我抬头，看着小宇。在船上，一直以来小宇都是最听话的那个，跟着我一块儿值夜班，照顾晕船的梁红和魏凯，话不多，什么事儿都默默地做着，坚持着。他提出来要离开，我已经完完全全有点儿不敢相信，接受不了。

“我想家了，我妈身体不好，我是个独生子，在这个时候我更需要去尽孝。”

家庭和亲人，是超越生命的牵挂。这是一个无可辩驳的理由，每个人都无法逃避。在愤怒的同时，我想起了独居在老家的妈妈，似乎也有了一些理解。谈不上原谅，去南极，这本来就是一个自发的行动。我认为这是大伙儿的梦想，我们一起去完成这个梦想。有人选择离开，选择放弃，我没有权力逼迫他们。

“老张，要不……我也不去了吧……”曾乔的声音。

我彻底绷不住了，6 个人出发，到现在他们 4 个人都提出了离开。曾乔这话一出口，我就只有一个感觉，自己和梁红被抛弃了。所有咬着牙认为的对大伙儿的理解，也瞬间转变成了背叛。

“你他妈敢走我弄死你！”我扔掉烟头一下子站了起来，“捷达，你们这是什么意思？你以为你们走了船就开不了了是吗？我和梁红就没辙了是吗？你们这是在威胁我吗？”我情绪有点失控了。

一路走来，曾乔一直是那个跟我较劲儿的人，而且也是最早提出要离开的人，一直絮絮叨叨在传递负能量的那个人。我跟他虽然一直吵吵闹闹，整天你要掐死我、我要弄死你，但是在船上，在关键的时候，能跟我一起采取行动，渡过难关、值得依靠的人，也只有他了。他提出要走，彻底击垮了我最后的心理防线。

“我不跟你说虚的，我怕死。”曾乔说，“我这腰伤确实难受，后面一个不留神，我就可能被浪卷下去。出来的时候，我们是初生牛犊不怕虎。现在走了这么远，见识过了风浪和大海、大自然的力量。越了解越恐惧，我确实不敢再走了。意志能挨过去很多磨难，但是意志不是万能的，我们不像你。老张，人总有到达极限的时候。”

我忽然明白，死和坚持摆在面前，可能死会是更容易的那个选择。因为死就是一瞬间的事儿，十八年后还是一条好汉，而坚持则要难得多，在身体上、心理上，都是漫长的、巨大的煎熬。

大伙儿已经陪着我和梁红坚持了六个多月，这段路上，他们可能都逼迫着自己超越了好多次极限。我开始试着去理解他们的选择。有人说我是个疯子，可能确实如此，但他们是正常人，我没有资格去要求每个人，跟我一样拿着命去疯。每个人都有自己的极限，我一直在超越自己的极限，或许他们，真的已经到了极限的那个临界点了。

“南极就在前面，你们为什么要放弃呢？到南极那是梦想实现的时刻，我希望这不仅仅是我和老张两个人的梦想，而是所有人、你们每个人的梦想。”梁红已经哭了，泣不成声。一路走来，在多么艰难的情况下，梁红一直都带着笑容。在她的心里，船上的每一个人都是我们的家人，都是她坚持下来的动力。或许是她对大家的期望值太高，心理依赖太多，突然，所有的动力和依赖，一下子都被掏空了。

我能做的，只是搂过梁红。我是她最后的依靠。

十字路口。

命悬沉船湾

在圣地亚哥，跟几个要离开的船员一一拥抱，告别。

“小宇你别把自己给弄丢了。回家好好陪着你妈，替我们给二老带个好。”

“老陈你路上照顾着点儿小宇，过关的时候别跟人海关较劲儿。”

“魏凯回去了好好陪陪闺女，别再大大咧咧的了。咱们回北京了去看她。”

“提前祝大家新年快乐！”

离愁别绪之中，梁红再次失语落泪。无论如何，我要感谢他们，魏凯、小宇、老陈。没有他们，我们连智利都到不了。每个人做了多大的贡献不论，能够一起出来，船上每个人的存在，都是其他人咬牙坚持和继续前行的动力。我不相信他们是真的放弃了去南极这个梦想，家家有本难念的经，每个人的生活，都有很多避不了的牵挂。他们人虽然不在船上了，但是接下来，“北京”号还要带着他们的梦想和祝福，一起去南极。

曾乔被我强留了下来。“咬咬牙，希望就在前方。你他妈真要跑了，海里淹不死你，我也打死你。”纠结了半天，曾乔终于还是点头了，留下。但是他跟我较劲儿似的，全心静养腰伤，不干活儿。

三个人去不了，我从北京又火速招了两个人来驰援。一个是多年的朋友老布，一北京顽主，天不怕地不怕，跟阎王爷也敢呛几句。另外一个是球球，梁红的侄子，一小孩儿。他妈推荐过来的："这孩子太宅了，别的孩子这个年纪都离家出走了，结果他还天天待家里玩游戏。你们带他出去见见世面，让风雨锻炼锻炼。"

新人来旧人走，船上沉郁已久的气氛又热闹了起来。球球三岁到十九岁，全在我们眼皮子底下，没什么新鲜的；老布从穿开裆裤到混成京城一魔，则有说不完的故事。再加上祖上那点事儿，说上几个来回，够我们消遣到南极的。

各忙各的一天，到晚上球球才提起："船长，今儿好像是过年吧？"

一翻日历，还真是。"咱也别省着了，船里的好吃的好喝的，都翻出来，摆上，咱们过年啦！"

春联贴上船舱，有点儿过年的喜庆味道了。罐头、零食、饮料，堆了一桌子，没多少是吃下去的，都互相撒了。一顿肆无忌惮的笑过后，所有人都沉默了。每逢佳节倍思亲，梁红的眼里已噙着泪花。两年了，去年的春节，我们在奔赴奥伊米亚康的路上；今年，我们又在去往南极的海上。

"开网，该打电话的打电话，该发短信的发短信，给家人、亲戚、朋友们，报平安。”

出了圣地亚哥，为了抄近路，我没有选择走太平洋深处，而是沿着南美洲的大陆架，在蒙特港进了智利峡湾。

我的这一次选择，几乎就把“北京”号葬送在峡湾里了。

起初一路还算顺风顺水，在智利峡湾里，边行边游。两岸嶙峋的峡谷，姿态万千，几万年来的自然形成和风化侵袭，造就了它们鬼斧神工的模样。虽然峡湾里暗礁众多，但是小心行事，伴着两岸美景，这一路走得很惬意。

走到峡湾中段的时候，有一个东向往智利内陆的分叉。烟斗的信息说，走进去往回绕一程，能看到地球上唯一的一例内陆冰川。

这种地方，我绝对不可能任其在我手下溜走。转向，走向峡湾的更深处。八个小时的航行，怪石岩壁的尽头，是一堵皑皑白岭。在我们的认知里，冰川只存在南北极或周边地区的海里，眼前却是一座在峡湾深处的内陆大冰川。除了颜色变化，冰川的冰壁险峰，与两边的大峡谷一样奇峻险兀。不同的，是它的洁白里，让人远远看着都透着料峭寒意。

峡湾里无处停靠，我和梁红先放小艇上了冰川。站在不知几百米厚的冰岩上，望着头上巍巍巨凌，伸手摸一摸，千万年前的彻骨极寒，瞬间沁人心脾。冰川仿佛有蛊惑人心的魔力，宁静、空明。闭上眼睛，脑海里仿佛我在随着冰川漂移，天空风云变幻，我随着冰川穿越千万年的历史，沿向无尽的时空旋涡里。

“天快黑了，要让每个人都上来感受一下。”我和梁红依依不舍地回到小艇，上船，换老布、曾乔和球球登陆冰川。“随时可能冰裂，动静不要太大，别大声说话。”我交代着。

他们似乎也被壮观的内陆冰川震撼到了，上去后，走几步，都中邪般呆立原地。抬起头，闭上双眼，张开怀抱，拥抱着身前的震撼和虚无。

回到船上，我们折返回去，沿着峡湾继续往地球的最南端进发。最担心的事情还是发生了，“北京”号触礁了。

出海一百九十六天，大风大浪，磕磕绊绊，“北京”号早已千疮百孔，但一直没有抛弃我们。从香港到东海，从济州岛进入日本海，过宗谷海峡到鄂霍次克海，再到白令海，沿着美洲狭长的海岸线到这里，它载着大伙儿航行了两万多海里。这次，“北京”号遇到大麻烦了，行驶到智利峡湾最后的一段路，我们闯入了船只墓葬群。GPS 和海图配合错误，船经受剧烈的一撞，半截直接跑到一小岛上去了。“坏了，船要沉！”老布翻身起来就往底舱跑，查看有没有漏水。

走了这么远，经历这么多风浪和险情，触礁还真是第一次。让球球提着探照灯爬上桅杆照明，我们紧急排除险情。万幸的是船没进水，但是发动机坏了，船动不了了。触礁被撞的地方到底有多严重，我们不知道。搞不好智利海峡又将收获一艘来自中国的沉船，我们一船人也得陪着殉葬。

发动机呜咽地干吼着，曾乔掌着舵，我和老布去检查发动机。虾、海带、鱿鱼、小墨鱼，都被卷进了里面，堵塞了冷却系统。发动机高温，让寒冷的海水都升温了。把小动物们一一掏出来，船终于能动了。

看着海图上密密麻麻的沉船，前方到底什么海况，我们也一无所知。

“慢慢把船退出去。”我说，“慢慢地走，退出峡湾。”保险起见，我们原路返回，离开了大陆架，进入了麦哲伦海峡通往阿根廷方向的东半部分。在海上没法检修船底，附近也没有停靠点，我们提心吊胆地驶往阿根廷的乌斯怀亚。

谢天谢地，麦哲伦海峡没有为难我们，让我们顺风顺水地出来了。

在寒冷漆黑的夜里，前方的陆地上，一片灯火阑珊。船员们在甲板上雀跃，全然忘了“北京”号现在的状况，每个人都特别激动，我们到了乌斯怀亚，到了世界的尽头，离我们的目标南极，真的，真的只有一步之遥。

乐极生悲，我们呼叫了无数次阿根廷海关，申请进港，都没有得到回音。在全船人焦急等待的时候，还来了一阵风浪。“不管了，先联系游艇会，进港再说。”

游艇会的人很友善，给我们预订了停靠位，引导我们进港，并告知我们，海关下班了，明天他们带着我们去办理入境手续，很容易。他们以前处理过来自亚洲的日本船只，没什么困难。

折腾完之后，已经是清晨的六点。梁红拿着一面阿根廷国旗，去替换船尾的智利国旗，然后惊呆在了船尾。我凑了过去，一下子也被乌斯怀亚吸引住了。天边出现醉人的朝霞，整个尚未醒来的城市，静谧和优美，旁边是雪山、大海；一座又一座彩色的小房子，让人感觉这是在童话里。

游艇会的人，带着我们浩浩荡荡地去海关，办理入境手续。填了一堆表格之后，海关处却说我们没有签证，也不能给我们落地签；“北京”号可以在这里停留八个月，但是我们船上的人必须马上离境。犹如晴天霹雳，这是明摆着赶我们走啊。

游艇会的人也傻掉了，说他们以前接待日本来的船时，都没有问题的。海关处振振有词地说：“因为他们是日本人，而你们是中国人。”

这话我听得非常窝火，又感慨万千。可能是因为两个国家的政策原因，导致现在海关不批准我们入境。可是“北京”号刚刚经历了触礁，需要检修，还需要补充食物、淡水和油料，我们必须要停靠。

海关人员此前也确实没有处理中国帆船入境的经验，最后他们提出，让我们限时离境。船需要检修，他们所限的时，我们是根本无法完成检修的。万般无奈之下，我们联系了中国驻阿根廷大使馆的工作人员。

各种努力之下，海关给我们办理了紧急停靠许可，允许我们在乌斯怀亚停留 72 个小时。

每个人都被海关叫去单独谈话，告诫我们要遵守当地的法律，不要闹事，不要招妓，等等。最后每个人都签了一大堆文件，我还额外签了一份船长担保函，保证所有的船员不会在乌斯怀亚停留期间出现问题。

拿到许可的时候，所有人都松了一口气。好事多磨吧，我们这样安慰自己。

爱在“尽头”

时间有限，经过短暂的休整，我们立刻着手去南极的最后准备。

我和老布、曾乔负责修船，梁红和球球则负责清理船上的冗余物资，减轻船只的重量。如魏凯所言，过杀人西风带，我们必须要轻装上阵了。

“北京”号的船底，在我们看来损坏已经非常严重，但是在乌斯怀亚，却没有将船弄上岸、吊起来修理的条件。我们把拍下来的船只受损情况，拿给游艇会和一些船长看。他们觉得，条件所限，可以不修，小心行驶的话，能熬到南极。

我心里很没底，却又没有选择。时间上、条件上，我们都没法大修“北京”号。目前能做的，就是潜水，去掉缠绕、混杂进螺旋桨的水草。老布二话没说，英勇地跳了下去。

给船只减负，我的主张就是各种扔。从中国出发时，我们储备了很多罐头，但是后来大伙儿实在是吃腻了，加之沿途我们又进行了多次补给，所以那些“Made in China”的罐头还剩下许多。

梁红不同意我扔掉，太浪费了。我们就把不需要的物资堆放在码头上，然后写了一个“Free Food”的牌子。免费送给有需要的人，比扔掉让人感觉要舒服一些。我原来以为，根本不会有人要这些东西，但是发现老外们挺喜欢吃中国食物的。红烧猪肉是第一个被拿光的，然后是清蒸猪肉、奶制品、炼乳。豆豉鲮鱼被拿光之后，我们抛弃的所有食物都有了新的主人。

减负之后，我们依然需要采购补给。我们这一次要穿越的，是德雷克海峡，穿越所谓的“杀人西风带”。我们需要补给一些便捷、高能量的食品。在乌斯怀亚，我们居然遇到

帆船是海中的鸽子。

了亲人：找到了一家中国人开的超市。

在世界的尽头遇到同胞，感觉特别亲切而兴奋。进入墨西哥之后，再到南美，我们跟所有人的交流都很困难。整个南美大陆，除了巴西说葡萄牙语之外，都在说西班牙语。我们这伙人，英文都要靠比画，遇到西班牙语就彻底歇菜了。

超市的老板是个台湾人，听到乡音之后也特别的激动。食物采购，他直接帮我们包圆了，最方便、最新鲜、能量最高的，他让儿子全送到了船上。完事，他自己又跑大老远，给我们送了一箱酸奶。

在乌斯怀亚第二次听到中文，则是一件很尴尬的事情。老布和曾乔去超市买东西，发现收银员是位漂亮的南美美女，俩人嘴巴上就开始占起便宜来了："这妞靓。""胸大、屁股挺。"……到结账的时候，俩人用结结巴巴的英语想砍价。不料那美女收银员嘴里蹦出了生硬的中文："便宜没好货，好货不便宜！"

72小时停靠的期限即将临近，船能修的地方修了，物资该补充的补充了，我却依然忧心忡忡。从烟斗那儿传来的消息，现在德雷克海峡的海况极度恶劣，我们硬闯的话，风险很大。

"咱只能赖在这儿了。"为了对全船负责，我决定，到了截止时间，咱们把"北京"号开出港口，然后再申请一次紧急停靠，争取能多留 72 小时。实在不行，“北京”号就在港外抛锚，等着天气好转。

出发前最后一个小时，游艇会的人找到了船上，告诉我们今晚不用走了，外海有风暴，我们可以再多停留一阵子。我们终于感受到了阿根廷人的温情。

时间一下子不那么紧张了，我们决定去逛一逛乌斯怀亚。

乌斯怀亚有一段传说中世界最南端的铁路，我们慕名而去。这个地方靠近极地，曾经是这片大陆流放犯人的地方，而这段铁路，也是囚犯们修建的。这段铁路现在还在使用，供游人游览。奔跑在上面的火车，也依然保持着当年的特色，是那种很原始的蒸汽小火车。

接下来，我们又去了世界最南端的邮局，寻找传说中的那位个性邮差伯伯。又是寻隐者不遇，传说中的邮差没有上班。我们便去了街道邮局。快要关门了，还有许多人排着长长的队伍，我们感觉今儿可能赶不上了。不料，只要有人还在排队，邮局就没有关门谢客的意思。

我们买了很大一摞明信片，有点儿不好意思地找工作人员给我们盖戳。工作人员先是一愣，然后笑了，把印章盒印台递给了我，让我自己盖。

我把明信片递给梁红，说：“丫头，知道今儿是什么日子吗？”

她一下没反应过来，过了一会儿才说："2 月 14，情人节，还是元宵节。"

"这些明信片，是阿根廷人给我们的情人节礼物，也是最诚挚的祝福。"我说，"再带你去寻找一个惊喜。"

在洛杉矶的时候，高晓松说会给我们一份结婚礼物，他会把礼物留在乌斯怀亚，给我一个坐标，让我去找。果然，在邮局我们找到了早就等候在这里的包裹，是一套纪念币。

捧着明信片和高晓松的礼物，梁红又有点儿忍不住眼泪了，情难自制。在情人节，在世界的尽头，收到了朋友的结婚礼物，拿到了世界最南端的明信片。在感性的女人眼里，这种幸福感无以言表。

满意而归。我们决定去吃帝王蟹。荷兰港是北半球的帝王蟹基地，乌斯怀亚则是南半球的帝王蟹大本营。参观排队时，隔着玻璃，我们看到了几张中国人的面孔，正在猜测的时候，他们出来了。我试探着问了一句："中国人？"

世界很大，世界很小，我们遇到了几位同样来自北京的中国人。一问之下，我们住对门，还有几位共同的朋友。他们是从阿拉斯加开了四十多天的车，来乌斯怀亚旅游的。乌斯怀亚是一座旅游城市，人们只有在每年的 11 月份到次年 4 月份，即南半球的夏天，才来到这里。夏天过去，乌斯怀亚就会进入极夜，白天会非常短暂，而且寒冷。人们就会回

在尽头，有我们的消息。

时光。

到布宜诺斯艾利斯或者其他的地方，到那时，这里就是一座空城。

在等待出发的日子，我们尝试着联系了一下刚赴南极救援的中国“雪龙”号，没想到竟然联系上了。激动之情，难以言表。“雪龙”号是我们国家最好的极地科考船，而且它刚刚从乌斯怀亚离港。我们到乌斯怀亚时，“雪龙”号正好向南极驶去，它经历的天气和海况，就是我们即将要经历的。

同胞相见，分外亲切。鼓励之余，“雪龙”号给“北京”号的建议是，万事小心。在电话里，“雪龙”号的三副先和我通了话，给我提供了一些“雪龙”号上的气象资料。惊喜还没完，船长拿过电话，亲自给我们讲了穿越德雷克海峡的一些风和海流，还有冰情。得知我想把船开进长城湾的时候，船长告诫我，长城湾里面没有海图，礁石分布特别混乱，暗礁林立，最好不要冒险闯入。

南极的海图一直是个大问题，我们在国内搞不到，在美国、墨西哥也没弄到。后来听人说智利海军有，我们询问过了，依然没有。最后的希望在阿根廷，可是离南极最近的乌斯怀亚也依然没有。

最后给我们解困的，是一艘来自澳大利亚的船。临出发前，一艘澳大利亚船只的船长本杰明，得知我们要去南极，就找到了我们，聊了起来。南极海图的事情，本杰明帮我们想了一个办法，他说南极的海图都是各个国家自己绘制的，侧重点不一样，都各不相同。他拿出自己的海图，然后找了游艇会的人手里的各种版本，让我们复印了一份。然后综合在一起，绘制一张能为我们所用的海图。

用惯了电子设备，第一次用纸质海图，每个人都压力倍增，还得恶补一下看图知识。

本杰明还给我们提了两点建议。第一个，是给我们科普了一次《南极条约》，南极是一片没有被污染的土地，南极是世界的。他希望我们能够保护南极的水陆环境，还有动物。在南极，除了照片什么都别带走，除了脚印什么都别留下。

出发之前，我们早已熟知《南极条约》，但是当一位船长很郑重地跟我说这件事的时候，南极变得更加的神圣。

第二点建议，就是本杰明以船长对船长的姿态告诫我，开帆船去南极真的很难、很危险，请我一定要三思而行。哪怕是对经验再丰富的船长和水手来说，南极都是一个挑战。每隔几年，风浪和暗礁都会将几艘船、一些水手，埋葬在那里。

一路走到这儿，我觉得自己一直有一种混不吝的心态，做好了准备，觉得什么风浪都能扛过去，并没有真正去考虑一件事到底有多难。困难对我来说，都是过去之后，才能感觉得到。本杰明的这番话，算是给我敲响了一个警钟，让我慎重地看待这件事，甚至还有点儿紧张。当然，南极就在前

复苏。

面，我们不可能退缩，只是一定要小心小心再小心。

抢滩南极

没有灯塔、没有指引信号。我不知道“北京”号会在哪里，碰到些什么：冰山、礁石，或者一些其他的东西。

把世界的尽头抛在身后，世界最南端的灯塔为我们送别，“北京”号义无反顾地奔向那块神秘的白色大陆。夜晚让人恐慌，这是一条极少有人踏足的海域，前方太多未知。每个人都有些紧张，但似乎心里都憋着一股劲儿。两百余日航海，只为终点。我们的终点就在前方，“北京”号的下一次停靠，就是我们完成梦想的彼岸。

离开乌斯怀亚，平安地穿过了智利的威廉姆港，然后是合恩角——航海人的珠穆朗玛峰。风来了，雨下了，浪起了，开始为最凶险的一段路程预热。

进入德雷克海峡，风急雨骤，我们算是真正进入了南半球西风带。杀人西风带、魔鬼西风带、狂暴西风带……在我们搜寻资料的时候，关于这个区域，全是这样的形容词。

如果非要类比，德雷克海峡就是南半球的白令海，甚至更甚。十几二十米的浪高，上百节的狂风，“北京”号像

守望。

玩具一样，在大海的手掌里被随意地摇摆，桅杆几乎已偏离90度角。

风卷着冷雨、海浪，飞溅到脸上，穿透衣服，冰凉刺骨。船舷上，已经结上了冰渣。

老布依然一脸混不吝，在跟大海较劲儿似的拉着帆绳；曾乔安静地研究着海图，随舟左右摇摆；球球是个机动兵，哪里需要去哪里。我迎风掌舵，自我感觉颇有些大义凛然。重度晕船的梁红，拒绝进舱休息，坚持要跟我站在一起，度过这最艰难的最后一程。

“以前的晕船根本就不算晕船。”梁红说，“那就跟小感冒似的，简单的不舒服。进西风带了，才算是真的晕船。”此前一直自诩对晕船免疫的我、曾乔、老布、球球，这会儿或多或少都有些晕船的迹象。梁红彻底把自己给吐虚脱了，用她的话说，五脏六腑已经吐空了，喘口气都费劲儿，还犯恶心，绝对的生不如死。球球也被放倒了，蠕动着在甲板上趴着盯着仪器。

让人有些欣慰的是，在这么大的风浪里，天空依然有信天翁在翱翔，陪着我们走这段世间最艰难的路。

劈波斩浪的第四天，风浪逐渐弱了下去，一座冰山出现在视线里。我们劫后余生般，欢呼雀跃。“北京”号成为第一艘穿越德雷克海峡的中国帆船。

“还有 28 海里到达南极。”

“同志们冲啊，一鼓作气，咱们拿下南极这块阵地。”五星红旗迎风飘扬，南极用一个好天气来迎接我们。

盲航。靠近南极大陆，接近中国长城站所在的乔治王岛，以及进入长城湾，“北京”号已经无法再依赖电子海图了，全靠我们搜集的各种版本的海图来自我计算、定位。

太阳和月亮同时出现在天空。前方海上生明月，背后一轮红日沉沧海，日月同辉。难得一见的自然景观我无暇欣赏，即将入夜了，前方遍布礁石和浮冰，盲航登陆就更加困难。

南极大陆的海岸线已经在眼前若隐若现，我们要绕过前方这一侧的冰川，进入长城湾。

曾乔计算着每一步的方位，球球报数，老布掌舵，我站在船头盯着海况指挥，梁红开始在舱里不停地用无线电联系长城站：“长城站，长城站，这里是‘北京’号，能抄收吗？”一遍又一遍，梁红忍着晕船的难受，执着地拿着话筒在重复着发送信号。

对讲机里一直没有回音，可能是因为南极冰盖的阻挡，无线电的接受距离非常有限。

天已经黑透，望着漆黑的夜空，我犹豫了。前面的海域，我们随时可能触礁。“要不咱们就地扎锚吧，今儿不上了，太危险了。”

"'北京'号、'北京'号，这里是长城站。能听到吗？"突然，对讲机里传来了回音。那一瞬间，船上的所有人都呆住了。历经劫难之后，在孤独的茫茫大海上，在离祖国万里之外的地球另一端，在一段近乎绝境的路上……听到了亲人的声音，似乎是到家了。百感交集，激动，狂喜，落泪。

"你们有什么需要我们帮助的吗？"长城站的声音继续传递过来，冰冷的大海里，"北京"号上一片温暖。

"我们要通过鼓浪屿，到长城站去。"我接过梁红的话筒。鼓浪屿是中国人给长城湾前面的暗礁取的名字。

"那你们什么时候过来？"

听到来自祖国的声音，我所有的动力都回来了，不抛锚了，今晚登陆！"两个小时左右。"

"我们等你们。"一句坚定的回答，我们仿佛听到了回家的召唤。

所有人马上行动起来，各司其位。没有海图，无法定位，遍布暗礁，浮冰埋伏，什么都无所谓。每个人都做好了防冲击的准备，把船上剩下的信号弹全打了出去；"北京"号一点一点地往前挪动，一点一点地往梦想的地方靠近。

四个小时之后，我看到了岸边的星星灯火。几道手电光扫过，我们也明灭了几次船灯。他们还等在那里。没错，我们到长城站了。

无线电里传来“没错，你们在长城湾里头”的声音时，我感觉整个人一下子就释放开了。8 个月，18000 多海里的航行，我们经历了种种船只故障，经历了水手更换，经历了弹尽粮绝，经历了海上惊魂，经历了日本和阿根廷的海关刁难，经历了人间炼狱的西风带和风团……作为一个船长，我肩负着所有人的梦想，还有生命。一路上我大喊大叫，我嬉笑怒骂，我累月失眠……那种压力，若非梁红在身边，若非还有这个未到终点的梦想支撑，我早已崩溃。

泪眼模糊里，“北京”号靠岸，抛锚，下船。这是一场探险，也是一场修行。梦想是一种动力，也是一种信仰。一切尽在不言中，我和身边的每一个人紧紧地拥抱。我的爱人，我的朋友，我的伙伴，我的同胞。

梁红在掐自己的脸，在梦想成真的那一刻，她却忽然觉得那么不真实。

企鹅是我们的伴娘!

20 多年前，小男孩对小女孩说，我要给你一个不一样的婚礼。一年以前，老男孩在北极，向他心爱的女孩求婚成功，并在心里暗暗承诺，自己要在南极跟她结婚，给她全世界最特别的婚礼。

这个故事，若干年后我可以讲给孩子们听。20多年的梦想，5年的准备，8个月的航行，18000多海里的航行，九死一生，我带着我的爱人，到达了梦想中的地方。我却有些手足无措，老布说第一次结婚的人都有点儿紧张。梁红依然泪眼滂沱："到了南极就算是梦想成真了，有没有仪式并不重要。"

这个遗憾美坚决不能留。最特别的婚礼，我早已有了计划。

长城站的红房子，很像新房。一年前，奥伊米亚康的纪念碑是我求婚成功的见证；今天，长城站的石碑则是我结婚的见证。长城站的曹站长，是我和梁红的证婚人。

没有大花轿，没有跑车，接新娘的是一艘小小的香蕉船。科学家们要用一个小小的香蕉船放一个测潮仪下海，我让梁红坐了上去，然后开着我们船上的小艇，把新娘接了回来。

长城站门口，飘扬着五星红旗。梁红还沉浸在坐"花船"的美好感觉里。我说："咱就要交换戒指了，我还有个新婚礼物要送给你。"

通过北京的朋友，我给巴西、瑞典等国家的领导人发了邮件，希望我们的婚礼能够得到他们的祝福。这就是准备送给梁红的新婚礼物。国际友人们很友好，帮我实现了这个愿望。

德国总理安格拉·默克尔的祝福："爱情不是终日彼此

呢喃。

对视；爱情是共同瞭望远方，相伴侣行。祝福你们前路一切安好！”

瑞典首相赖因费尔特的祝福：“祝您和您的未婚妻平安幸福，给您最美好的祝愿。”

波兰总统布罗尼斯瓦夫·科莫罗夫斯基的祝福：“谢谢您与我们分享如此非凡的航海探险。在这场携手而行的探险旅程中，祝福您和未婚妻一帆风顺！”

加纳总统马哈马的祝福：“为了这样勇敢无畏的环球航海，也为了如此非同凡响的婚礼，我们向您表示祝福。”

“这份结婚礼物全世界独此一例。”我对梁红说。

她已然不能自已，泪水又要涌出：“……你让我先哭一会儿。”

曹站长也代表长城站送了我们一份特殊的结婚礼物：一滴南极冰盖下的水，这是世界上最纯净的水滴。

“270，我也送你个礼物。”老布说着，就和曾乔、球球，就把我俩往海边带。我有些纳闷，他们在船上准备了什么，这么长时间我不可能不知道。

走到海边，他们仨麻利地把自己脱得只剩下内裤了，然后一齐“扑通”一声，跳进了长城湾的冰海里，边游边冻得“咬牙切齿”地喊：“祝船长新婚快乐！祝老张和梁红百年好合！”

在温度零下的冰冷海水里，他们冻得遍体通红。我的朋友们、水手们，用这样一种方式，给我们送来了最赤诚的祝福。我和梁红感动得咬着嘴唇忘了怎么表达感谢，只能忍着泪水，心疼地招呼着他们赶紧上来，穿上衣服。

我从口袋里掏出出发之前，在北京的一个并不正式的婚礼上，我和梁红互相交换保存但并没有戴上的戒指。“丫头，终于到这一步了，戴上戒指，咱们就结婚了。”在三十多年的漫长岁月里，我们携手走过。在我险些要截肢的时候，梁红哭着说要跟我一辈子；在我处在人生谷底的时候，是她陪着我重新走了出来；在马鲁姆火山的时候，梁红说如果老张出事了，我也跳下去；在穿越北太平洋风暴带我崩溃痛哭的时候，是她的肩膀和安慰，让我重新燃起了对梦想的坚持……

小雨夹杂着风雪，给我们撒下了婚礼的彩纸。“感谢爸爸妈妈，这是出发前妈妈给我的戒指……”梁红再一次哽咽了。

过悠悠卅年岁月，行漫漫万里长路，我们始终在一起。走了三十年，走了十万八千里，在离家最远的地方，我们结婚了！仪式不重要，又是那么的重要。两枚戒指，两颗心，早已熔铸在了一起。

“我出生的时候你们就在谈恋爱，现在我都十九了，终于可以改口了。”球球笑着说。

“哥们儿你真能折腾，跑南极来结婚，让我跑这么远来捧场，喜酒都没喝到。”老布依然一副痞样儿。

“我从头到尾见证了你们这趟结婚之旅，啥也不说了，祝你们新婚快乐，百年好合！”感谢曾乔的一路陪伴。

去企鹅岛拍婚纱照，也是梁红和我一直以来的一个愿望。

在去往企鹅岛的路上，我们看到了纳尔逊冰盖。极度震撼，它的厚度有四五百米，从女娲补天时就存在了，远远望去，雄浑而冷傲。冰盖顶上一片苍茫的白色，分不清云朵和积雪，险峻的冰川缝隙里，能看到深深的幽蓝色，仿佛幽灵轻舞，神秘而奇幻。

小艇靠近，在冰冷的冰面上，仿佛能看见时光流影。它是亿万年的历史沉淀，恐龙纵横在这片大陆，东非古猿在钻木取火，远古战士们金戈铁马，百万劳工在修筑万里长城……历史的篇章，生命的轮回，仿佛在它的镜面里全部成像。

企鹅岛到了，那是一幅更独特的人间美景。感觉不到空气在流动，仿佛进入了真空。雪原像一面镜子，让人不忍踏足留下脚印。南极并不是一片白，点缀的绿色苔藓，让这片土地更加盎然。

憨态可掬的小企鹅们，一点儿也不怕生，挥着翅膀，摇摇摆摆地凑过来迎接我们。《南极条约》规定，不要靠近企鹅，尽量保证离它们五米开外，但可爱的企鹅们凑上来，我们无法拒绝。

梁红脱下外套，里面穿的是婚纱。白色的婚纱，在雪地上蔓延开来，和茫茫雪野融合在了一起，仿佛整个南极都是她婚纱的裙摆。美极了。冻得瑟瑟发抖的梁红满脸笑意。我问她冷不冷，她哆嗦着摇头，脸上全是幸福。

小企鹅们跑上梁红的婚纱，簇拥在我们身边，对着镜头卖萌，让人忍俊不禁。这到底是要当伴郎伴娘呢，还是在故意抢镜?

我们拍了一路，小企鹅们蹒跚着跟了一路。“要是企鹅不怕热，我绝对带回去一只，当儿子养。”

拍完婚纱，我们五个人安静地躺在冰面上，仰望碧彻天空。宁静也能带来震撼，无言之中，心里百感交集。身边是我的媳妇儿，我的生死哥们儿。人生还要怎样才算完美?

我们为了梦想而出发，一路坚定地走来，不怕风雨，不惧波浪，无畏生死，无愧于心。所有半路离开的，路上遇见的，后方帮助的，每一个人，都让我们的这次南极之旅，丰满而充实。

南极不是终点。

企鹅主持着我们的婚礼。

“你是否愿意与他（她）缔结婚约？无论疾病还是健康，
你是否愿意与他（她）相互扶持？无论贫穷还是富裕，
你都爱他（她）、照顾他（她）、尊重他（她）而相守一生？”

"我！愿！意！"

后记

载梦远行，天空为你放晴

船上就剩下我和梁红两个人，我们俩无助地拉着帆，操着舵盘，对抗着惊涛骇浪。黑暗看不到边，风雨厉声哭号，蚕食着我们最后的坚持。

猛然惊醒，才发现我已经身在南极的长城科考站里。我不止一次梦到这样的场景：我们在茫茫大海上，先后失去了一个又一个伙伴，只剩我俩对抗风浪，飘摇前行。

裹上衣服钻出长城站，没有皓月繁星，但身处这片雪白大陆却不觉得暗淡，只是寒意袭人。过德雷克海峡的时候颠簸不止，落下了不少航海日志，在长城站休整的这几天，我想将来到南极这一路上发生的点滴碎片捡起来，却发现很多事情真的成了碎片，我的记忆无法将它串联起来。

距离萌生要开帆船去南极结婚这个想法，已经五年有余；距离我们从上海出发，也已经七个半月了。这二百多天里，多数时候，睁开眼睛是一望无际的浩瀚汪洋；闭上眼睛，则是震耳欲聋的惊涛骇浪声。

因为一句“在北极求婚，在南极结婚”的诺言，坚定地出发了，还有年少时候，带着心爱的人去环球旅行的梦想。听上去很浪漫，走得也是无比豪迈。途中种种，我也早有一些心理准备。显然我低估了大海的威力，没想到会走得这么艰难：几近崩溃，几欲退缩，几乎放弃。

梁红，我的终生伴侣，我想赠她一份独一无二的结婚旅程，一份举世无双的浪漫；不承想却是带着她去体验了种种非人的痛苦。晕船、呕吐、乏力、休克……甚至差点猝死。自命坚硬的我，看着爱人遭这种罪，我感觉比被风浪摧残痛苦千百倍，濒临崩溃，眼泪纵横。最后还需要她反过来安慰我，鼓励我，让我坚持走到终点。我们的梦想，在那里等着我们。

还有舍家弃业，陪伴我扬帆远航的小伙伴们。他们搏上性命，陪着我一起去完成一次前所未有的航行。魏凯要给女儿做个榜样，老陈要体验大海的魅力，小宇想让自己的青春更加惊心动魄一些，曾乔早已生死相随。他们把性命托付给了我，作为船长，这份责任的压力也一度让我消极。我可以死，但他们不能出事。渡尽劫波兄弟在，生死关头，阎王殿门口，他们是我最值得依靠的兄弟。虽然最后有人在离梦想之地咫尺的时候放弃了，其实大家的梦想已经实现了。一次远征，不为最后的征服，而是为了享受征途中的快意。

还有赶到南美增援的球球、老布，以及在北京后方负责气象的烟斗，以及优酷的工作人员，都是帮助我们完成这次梦想结婚之旅的幕后工程师。众多人员的付出，才能保证我们的风雨无阻，才能为我们重洋远渡护航。

同样不能忘记的，还有沿途那些遇到的人、事：日本海上保安厅的剑拔弩张、济州岛濒危海女的感动、新知和阿图两岛的惊恐与惊喜、在美国的一路为梦想放行、墨西哥玛雅遗迹带来的震撼与成就感、南美大陆的迤逦与绮丽，还有极光中绽放的南极。这些都是旅途给予我们的馈赠，行万里路，更重要的是看万里风景，经百态世事，识万般人物。

两百多天的航行，是我们所有人与大海，以生命作赌注打的一场持久战。“北京”号是战舰，我扛着五星红旗船头掌舵,船上船下,参与的每一个人都是这场战斗里的战士。我们的梦想不一样，但是在这场战役里，每个人都寄托了自己的梦想。

在即将步入亚马孙丛林开始新的探险之旅之际,《侣行》第二季同名图书付梓，出版方叮嘱我写一个后记。一向嘴巴比笔头厉害的我，有些无从下手，出版方说，把你最想说的写出来就是。深情地看了看憔悴的梁红，发现我想要表达的千言万语，全是谢意，于是有了上面那些，写得很有感谢信的意思，却发自肺腑。

我和梁红只是两个普通老百姓，在为我们自己的小情怀、小梦想,不惜一切地往前方走着。但是我们清楚地知道,梦想从来不是靠单打独斗实现的，孤胆英雄不存在，众人划桨开大船。我的船员们、后方工作人员们、沿途的陌生人们，以及万千关注和支持我们的朋友们……每一个人都是帮助我们实现梦想的一注涓涓细流，一丝催帆微风。正是你们每个人的存在，我们才能够走到现在，走到更远的地方去。

最后，我想告诉所有人：在追寻梦想的路上，每个人都会为你放行，天空也会为你放晴。大胆上路吧！

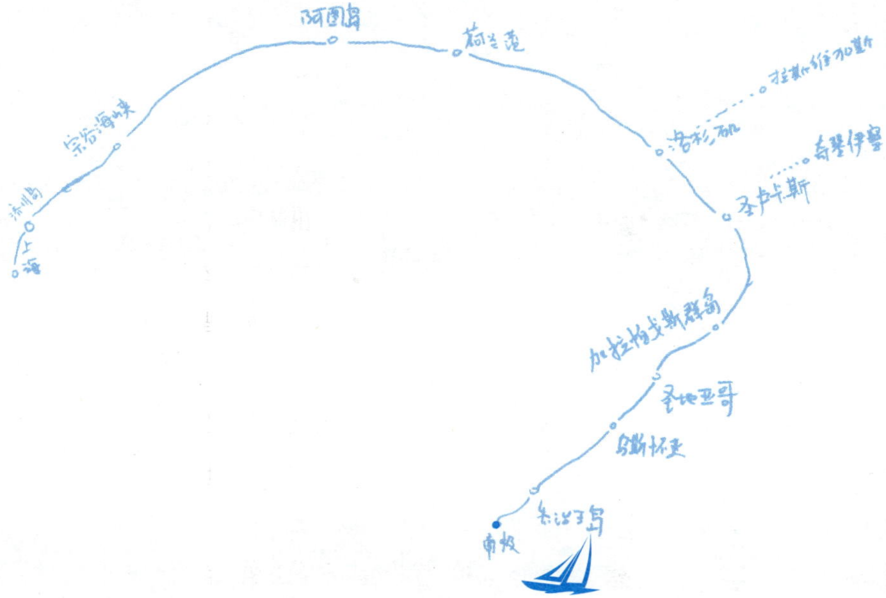
阿图岛
荷兰港
拉斯维加斯
宗谷海峡
洛杉矶
奇琴伊察
济州岛
圣卢卡斯
上海
加拉帕戈斯群岛
圣地亚哥
乌斯怀亚
乔治王岛
南极

ON THE
ROAD

图书在版编目（CIP）数据

侣行. 2，中国新格调：爱到极致，行到极端 / 张昕宇著. -- 南京：江苏凤凰文艺出版社，2014 (2014.11重印)
ISBN 978-7-5399-7652-5

Ⅰ. ①侣… Ⅱ. ①张… Ⅲ. ①游记－作品集－中国－当代 Ⅳ. ①I267.4

中国版本图书馆CIP数据核字(2014)第195921号

书　　名	侣行 Ⅱ 中国新格调：爱到极致，行到极端
著　　者	张昕宇
责任编辑	郝　鹏　孙金荣
特约编辑	刘昕婷
责任校对	陈晓丹
封面设计	门乃婷工作室
版式设计	陈　璇
出版发行	凤凰出版传媒股份有限公司 江苏凤凰文艺出版社
出版社地址	南京市中央路165号，邮编：210009
出版社网址	http://www.jswenyi.com
经　　销	凤凰出版传媒股份有限公司
印　　刷	北京市雅迪彩色印刷有限公司
开　　本	880毫米×1230毫米 1/32
印　　张	9.5
字　　数	172 千字
版　　次	2014年9月第1版 2014年11月第3次印刷
标准书号	ISBN 978-7-5399-7652-5
定　　价	39.00元

（江苏凤凰文艺版图书凡印刷、装订错误可随时向承印厂调换）

FONGHONG
凤凰联动出品